夜不語
詭秘檔案

夜不語

詭秘檔案

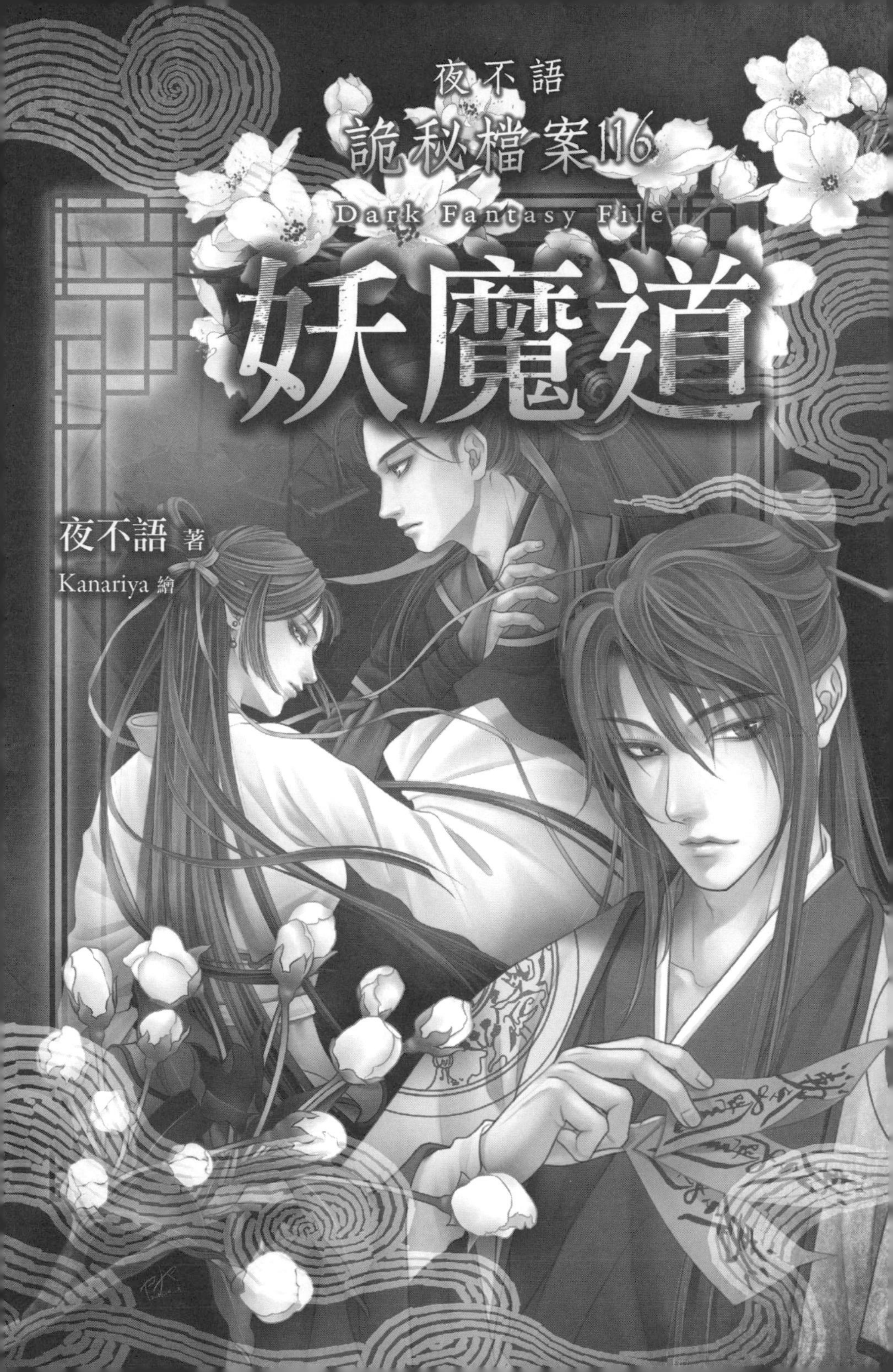
夜不語
詭秘檔案116
Dark Fantasy File
妖魔道
夜不語 著
Kanariya 繪

CONTENTS

自序

跨過元旦，就是二〇二一年。

其實過了二〇二〇年以後，每一年，都像是科幻的數字。那些曾經出現在哆啦A夢裡神奇的科技產品，有的實現了，但大多數依舊遙不可及。

人生沒有時光機，許多想要留住的歲月，終究只能看著它流逝。

每年的開頭幾天，我都會做一整年的工作計畫表。

今年也不例外！

昨天做完計畫表後，突然發現，自己似乎變勤快了那麼一點點。

以前的我是很懶的人。

攢夠了錢，就懶得再工作。到處旅遊，旅居，百無聊賴的混日子。

恍然回過頭，才發現自己同齡人已經開始變得油膩，變得禿頂，變成了真真正正的大叔。

還好，因為自由散漫，歲月在我的臉上並沒有留下太多的痕跡。

但是歲月終究不會饒過任何人，至少我老覺得自己的性格，和從前比，改變了很多。

變得安靜了。

每每閒暇時，總愛翻開一本紙本書，慢悠悠地讀著，記著筆記。

變得勤奮了，用來碼字的時間，也比從前多了許多。

十多年前，當我寫外傳《妖魔道》的時候，那時的自己是最懶的，剛剛結婚的我拖著妻子滿世界亂跑。

而這本《妖魔道》，就是在旅遊的夾縫間花了小半年，斷斷續續寫完的。

人生不可追憶，那樣的時光已經一去不復返。當我第三次修改這本書的時候，只剩下無限的感慨。

這次，增加了一篇新的小番外。是關於夜不語的前世今生，以及他最大的敵人陸平的故事。

先這樣吧，新的一年，請大家繼續支持我喔。

愛你們。

夜不語

楔子之一

沉重的夜，滴滴答答的水聲幽幽地迴盪在這個小鎮裡，顯得那麼孤寂，也那麼刺耳。

在這個被如死的黑暗籠罩的地方，低矮的房屋裡沒有一絲光亮，也沒有任何聲音。

就連熟悉的打更人也不見蹤影，整個小鎮，猶如一片死域。

狂風颳得很烈，夜空上沒有飄浮的雲朵，但依然看不到星星或者月亮，四周遊蕩著令人壓抑的詭異氣氛，就像會發生什麼不好的事情……

或者，有些事情已經發生了！

死寂繼續著。

遠處，終於隱隱傳來些微可以打破沉默的聲響。

是人。

一群人。

一群攜帶著刀劍，全副武裝的護衛。

坐在中央馬車裡的主人，沒有發出任何聲音。淡淡的燈光，從六匹馬拉著的大轎子裡透出來，隱約勾畫出這個主人的身影。

窈窕的線條，長髮，慵懶舒服地倚靠在椅子上。應該是個女人，而且，不會太醜。

主人沒有說話，護衛自然不會不識趣地打破這份略微沉重的沉默。幾十人的隊伍裡，只有馬蹄噠噠的聲音，以及車輪轉動時的悶響。

離小鎮越來越近了，馬車開始慢下來。

最前邊的一個護衛猛地一拉馬頭，靠到轎子左側的窗戶旁輕聲道：「小姐，已經到芙蓉鎮了。現在人倦馬疲，我們是不是應該先找個客棧稍微休息一晚，明天一早再上路？」

那位小姐緩緩地用纖纖玉手抵住下巴，像是在思考這個問題，又像是什麼都沒有想，最後微微點了下頭，算是應允了。

那護衛在心裡長長地鬆了口氣。這隊人馬，已經馬不停蹄地接連走了兩天路，雖然是精銳，可是連番勞碌，就算是鐵打的筋骨，也有點受不了了。

他縱馬上前，想早一步進到小鎮裡將客房訂下，再隨便把自家小姐住的地方打理一下。

這位小姐畢竟出生在大富大貴、權傾一時的家庭，什麼貴族習慣都沾染了一點，但是最讓人氣悶的，就是那種莫名其妙的潔癖了，如果不睡習慣的床、被褥、枕頭的話，就會失眠。

唉，出個遠門，居然還帶上閨房裡的大床，這究竟是什麼世道！一路上，可苦了自己這群護衛。

從長安城出發趕往益州，不算太遠的距離，但走了接近一個月，卻只走了不到一半距離。如果不是時間也消磨得差不多了，這位大小姐，恐怕也不會急急忙忙地瘋狂趕路。這麼長時間，他沒少惶恐不安過，如果那位大小姐有什麼三長兩短的話，自己這群大老爺兒們掉腦袋倒是沒什麼，可就苦了家裡的婆娘。

眼看益州還有三天就要到了，雖然一直也沒遇到過什麼危險，但最好還是更加小心翼翼才好。不是常有人說，暴風雨前的風平浪靜，最是可怕嗎？

不知為何，今晚的他十分煩躁，那份煩躁的心情，甚至影響了胯下的馬。自己的馬名叫黑風，隨著自己出生入死已經五年多了，真正的生死與共。他用手撫摸著馬頭，皺起眉頭，不知何時起，右眼皮就跳個不停。

俗話說左眼跳財，右眼跳災，今晚恐怕不平靜。

思索間，已經到了鎮口的木隴下，木隴頂上用紅色的字體雕著「芙蓉鎮」三個大字。那三個字在夜色裡紅得像血，帶著陰沉沉的氣息，整個小鎮猶如一張猙獰的大口，靜靜地等待著倒楣的人，走進它的五臟廟。

有股惡寒襲來，他禁不住打了個冷顫，手緊緊地握著劍柄，用力咬下嘴唇，打馬走進了這個氣氛詭異的地方。剛一進去，黑風便人立而起，死也不願意再往前走一步。

都說畜生的直覺最是靈敏，難道，馬兒也感覺到了危險？

護衛緩緩地將四周掃視了一遍，空無一人的街道，靜悄悄的，沒有一絲燈光透出的民居，一切都很平常。也不像有埋伏的樣子。只是，總覺得這裡有點問題……

他毅然下馬，往前走，在附近的一戶人家前停步，猶豫了一下，然後敲門。

並沒有用太大的力氣，但門卻「吱嘎」一聲，打開了。

護衛有點愕然，現在早已不是盛唐時期，最近四處都兵荒馬亂的，盜賊遍地都有，如果誰還敢像從前那樣夜不閉戶，不是自己找死嗎？

有問題！絕對有問題！

他從懷裡掏出火摺子，搖亮，就著黯淡搖曳的光芒，走進了房子裡。進了大門便是桃屋，屋子中間的桌子上，還整整齊齊地擺放著早已沒有熱氣的飯菜。有三副碗筷，看來是個三口之家，可是怎麼看起來，桌上的東西還沒怎麼動過？

碗裡盛著冒尖的白飯，就像在向自己傳遞著某種訊息。

飛快地將整間房子搜索了一遍，卻沒有找到任何人，心裡不安的感覺更加濃烈了。

他從鞘裡抽出寶劍，又來到一戶人家前，用力地踢開門，闖進去搜查了一遍，依然找不到半個人影。

他不死心，繼續找，接連找了十多戶，果不其然，這個偌大的鎮子裡沒有人，一個也沒有。

見鬼！究竟出了什麼事！為什麼沒人，鎮裡的人都跑到哪裡去了？護衛感覺自己快要瘋了，他抱住頭，想要將雜亂的思緒理清楚。

難道，遇到大群的強盜打劫？不可能，房子裡沒有任何翻動過的痕跡，而且裡邊的人，似乎都悠然自得地幹著自己手邊的事，屋子裡遺留下的東西，正說明了這一點。

但是，人呢？他們就好像在一剎那間全部消失了，整個鎮的人都消失了。而所有的一切，都保留在人消失時的一剎那……

眼前的詭異狀況，早已經超出了他的理解範圍，這名護衛也當真了得，他轉身就往鎮口的方向拚命跑。

不管這裡出了什麼事，總之，不能讓大小姐進來。

他飛快地在寂靜的街道上跑出曲線，眼睛隱約看到，大隊人馬擁著那輛華麗的馬車穿過了木隴。

情況危急，就在他要放聲大喊的時候，一雙僵直有力的手，狠狠地掐住了他的喉嚨。

護衛右手用力一揮，手裡的寶劍微微一頓，便鋒利無比地將那對手臂砍了下來。飛快地回身又是一劍，這一劍，狠狠地刺進了身後那傢伙的胸口。

果然有埋伏，要盡快通知他們不要進來！

他想要將劍抽出來，卻意外地遇到了阻礙，似乎被對方的骨頭卡住了。護衛抬起頭，卻看到對方僵硬且沒有任何表情的臉。

這是一個女人，應該還算得上年輕漂亮的女人。可是，這個女人身上，自己找不到一絲人類該有的氣息。

這東西，絕對不是人！或者說，現在的她，已經不能算是人了！

那東西冰冷的眼神猶如狩獵者一般，護衛只感到一陣陣的惡寒，恐懼猶如潮水似的覆蓋了大腦的每個角落，身體僵硬得再也沒有辦法動彈絲毫。

對面的那東西張開嘴，露出了長長的獠牙，缺少了胳膊的身子胡亂扭動著，這個在平時應該算十分滑稽的動作，現在卻變得異常恐怖。

是行屍……

這是護衛最後想到的東西。下一秒，行屍的獠牙，已經深深刺入了他的脖子。

那個已經變成行屍的女人僵硬地抬起頭，接著，一群又一群，似乎有無數的行屍，連續不斷地從陰暗的角落裡，拖著蹣跚的步履，緩慢地走了出來……

楔子之二

「小姐，到了。」丫鬟青兒輕聲說道。

趙舒雅走下轎子，望著眼前高大的鎮國府深深吸了一口氣。這裡即將是自己要生活一輩子的地方。

雖然明知道一入豪門深似海，自己將來更需要在丈夫的眾多妻妾間周旋，會失去自由，會令自己痛苦。縱使明明清楚一千個、一萬個不能嫁的理由，就算再讓自己多選擇一百萬次，自己還是會嫁過來。

因為，鎮國府裡，有一個自己必須要見的人。

多少年了？她看著秋日街道上飄揚的梧桐樹葉，忘了，早就忘了自己等待了多少年。不過，總算等到這一天，終於又可以和他見面了。

「小姐，老爺出來了。」青兒小心地打斷了她的回憶。

趙舒雅微微一笑，摸了摸自己紮得整整齊齊的頭髮道：「青兒，我的樣子會不會很醜？」

「當然不會，小姐永遠都那麼年輕漂亮。」

「真的？」明明知道那張口裡會說出的答案，她還是不由得安心了許多。現在的自己很漂亮，他一定會喜歡的。

緩緩地抬起頭，如繁星般閃亮的眸子裡，已經映照出對面的人影。最前一個，便是當今的鎮國大將軍，也是自己將來的丈夫。

幸福？自己會幸福吧！不管怎樣，總算是能再見到他，總算是能永遠待在他身旁了。

笑容，如同春天盛開的花朵，慢慢地洋溢在臉上。她帶著傾國傾城的絕麗風姿，迎了上去。可是又有誰知道，自己的笑容，僅僅只是為了他而綻放的呢……

第一章 妖魔道史

妖魔道，什麼是妖魔道？人與妖與魔，當然是妖魔道的基本組成，但是，這就是妖魔道嗎？

不！當然不是。

造就妖魔道的不是人，不是妖魔，而是時代！每個時代都有妖魔橫行的年代，不同的妖魔，不斷地遊蕩在這個世界上，造就不同人的不同人生。

人類平靜安定的時代，妖魔潛伏在黑暗中，靜靜地等待機會，等到動盪不安的年代再次來臨。

於是，時代造就了英雄。不管是正是邪，有四個傳奇人物，一代一代地降臨在了這個古老疲倦的大地上！

第一個英雄是個斬妖武士。

※　※　※

揹著跨月魔刀的武士，靜靜地站在山崗上，山崗早已被幾百個掠奪者圍得水泄不通。

寒風呼嘯著，不斷掠過武士已經破舊不堪的衣甲。

武士依舊不語，漠視著周圍的一切，彷彿咆哮著的十月寒風吹在臉上的感覺，遠遠超過了身旁高聲叫囂的人群。

沒有人走上去，因為每個人都知道，想要殺掉他，並不是幾個人的力量便能做到的。生活在這個亂世，需要的是實力，掠奪者都很聰明，當然也足夠狡猾。沒人願意在得到跨月魔刀前，就先丟掉性命，於是有人充分地運用了人類的天性，隔著老遠不斷地辱罵，甚至吐出了濃濃的口水，頗有氣勢。

武士依舊默然。

對峙就這樣進行著，無止境地進行著。直到掠奪者中的一名武士忍不住了，他大聲叫道：「放下魔刀，我王三一定會放你走！」

其餘的聰明人不禁在心裡暗罵起來。大家心知肚明跨月魔刀的價值，更明白它的每一代主人一旦握住它後，就再也不願將它放下，即使是付出自己的生命。

但是，出乎眾人預料的是，武士卻緩緩地從背後抽出了跨月魔刀，隨手丟在附近的地上。鋒利的刀鋒寒光一閃，觸地便隱沒在黝黑的土中。

那個王三嘿嘿笑著，幾步衝上去，便一把抓住了刀柄。

哈哈！發財了！這是我的了！他欣喜若狂地想著，隨著風的冰冷，沉浸在得來如此輕易的遐想中。

「媽的！原來，那傢伙只是虛有其表！」有的人後悔不已地大罵起來。

但更多的掠奪者，依然按兵不動，他們暗自盤算著，怎麼先殺掉武士，再奪取跨月魔刀，巴不得有人做誘餌先廝殺起來。

不耐煩的掠奪者開始蠢蠢欲動，但又同時唐突地停止了一切動作，原因是一道弧形白光，那道弧光隨意地從武士揮動的左手中發出，瞬間將那個掠奪者劈成了兩半。

白色的弧光並不奇怪，那是剛入門不久的武士也會用的青刃，奇怪的是它的出場方式和威力，那個不憑藉任何武器揮出的青刃，竟然可以在一瞬間，將一個高級的掠奪者一分為二，它的主人會是怎樣可怕的一個人！

掠奪者在驚訝與恐懼中，不約而同地想起了一個流傳在這個傳奇大陸上的名字。但這也是他們最後一次思考了……

武士的嘴角劃過了一絲殘酷的笑意，殺戮的時間到了……

三天後，一張圖在獵捕者中流傳開。

上邊栩栩如生地描繪了一場大戰後血腥到令人嘔吐的畫面。圖畫下方，還有人用筆簡潔地寫道：

數天前，在屠風崗上，一百八十四個冒險者組成的掠奪者，成群截堵一名手持跨月魔刀的武士，掠奪者無一生還！

據可靠人士證明，跨月魔刀的主人是個來歷不明的武士，他的名字叫——風雷月！

風雷月，從這天起人們給了他第一個綽號——死神！於是，他當之無愧地成了時代流傳下的第一個傳奇！

時值西元前一千六百年，湯伐夏桀，兩國交戰於鳴條。風雷月手持跨月魔劍，將大妖魔桀斬於劍下，夏朝滅亡。就此，他得到了第二個綽號——斬妖武士。

※　※　※

時代造就的第二個傳奇，是個來歷神秘的術士。

無人知曉的蚩尤魔殿中，煙硝味依舊濃重。在這個寂靜無聲的迷宮迴廊中，響起許久沒有出現過的孤獨的腳步聲。

煙霧隨著那個人的緩慢移動，而極不情願地飄散向兩旁。這是名年輕的男子，大約二十三歲左右，但是俊朗的臉上，卻寫滿了這個年齡段絕不該有的滄桑。

迴廊似乎對這名不速之客，做出了強烈的回應，兩旁的雕像，紛紛放射出強烈的白色光芒。數十個手握巨大錘子的蚩尤衛士，在光芒中走了出來。

男子淡淡地笑了笑，兩道白色疾光從手中迸射而出，頓時，衛士的身上響起「哧哧」的難聽電流聲。衛士們因為這強大的攻擊，而麻痹地站在原地，再也難以移動一步。

他依舊緩慢地走著，以他自身獨特的腳步聲，擾亂著迷宮的寂靜。

當他緩緩地消失在遠處的黑暗煙霧中時，衛士們才失去知覺地倒在了地上。

蚩尤魔殿最底層迷宮的最深處，有一座極大的廣場。那個亙古不變的神像，依舊屹立在廣場的正中央。就是這個雕像，困住了大魔神蚩尤幾千年。

黑影緩緩地走進了廣場，漫步到這個神像前時停住了，他用那比迷宮裡更寒冷千百倍的眼神，默默地注視著這個神像。

神像在他的注視下顫動起來，就像在惱怒又有不知死活的傢伙，闖進來打擾自己的生活。顫動越來越大，最後甚至整個廣場，整個迷宮，都在一股神秘的強大力量下顫動起來。

顫動繼續著，蚩尤魔殿裡所有魔物，都在為神像的蠢蠢欲動而恐懼與興奮。是神！牠們偉大的神，即將結束三千年的沉睡，神，就要復活了！

但是就在這時，神像卻唐突地停止了。就像它從沒有動過一樣！可是，強大的魔力卻沒有消散，反而逐漸濃重起來！

這是暴風雨來臨前的平靜嗎？蒼老的土地上，有靈覺的動物紛紛不安地仰起頭，望著萬里晴空。

「你是誰？」一個蒼老的聲音突然從神像中傳出，「你不是黃帝那混蛋的子孫，為什麼可以解開封印！」

「蚩尤，從今天起，我就是你的主人。」年輕人沒有理會祂，淡淡地說道。他的聲音平緩而富有磁性，但卻比他的眼神更加寒冷！

蚩尤愣了一愣，突然放聲大笑起來，就如祂三千多年來從沒有笑過，想要一次笑個夠本！

祂不斷哈哈笑著，一邊用嘲笑的口氣說道：「年輕人，解開我的封印是你最大的錯誤。人類可以打敗我，但卻永遠不要奢望可以控制我和毀滅我。即使是三千年前所謂最強的黃帝也不行，所以，他才會把我封印起來。而你！我會讓你付出你魯莽的代價！」

年輕人依舊漫不經心地看著祂，就像在看一個自己已經到手的獵物。

在他的注視下，蚩尤不知為何突然變得非常煩躁，祂冷哼了一聲，強大的力量在手中不斷凝聚，最後，一顆巨大的火球出現在身前。

同時，年輕人也出手了。一道白色的急疾電光籠罩在了蚩尤的頭頂，竟然是生死契約之光！

蚩尤內心一陣狂笑。竟然有人用這種低下的召喚誘惑術來攻擊自己，他到底在想什麼？

生死契約之光，對有智慧的生物以及死靈，是毫無效果的。蚩尤這個大魔神，不但有遠遠超過人類的智慧，還有不死的生命！這是菜鳥冒險者都知道的基本常識。但現在，竟然有個闖入魔殿的年輕術士，無視於這種常識。

他，瘋了嗎？

答案當然是——不！蚩尤的狂笑凝固在臉上。祂感到有一股強大無匹的精神力量，強行闖入了自己的思維，祂有生以來第一次感到了恐懼……

有如此強大的精神力量的人，他……到底有多麼可怕？

蚩尤不斷用自己的精神力，抗拒著那個神秘術士的力量，但是，祂明白自己終究會因為抵抗不住，而敗在這股巨大無匹的力量中！

回離像！蚩尤用最後的意志，控制自己的身體，艱難地向神像移動，但是，在快要接觸到神像時，停止了一切的動作。

「有什麼吩咐，我的主人？」蚩尤緩緩地轉過身，跪倒在年輕術士身前，用蒼老的聲音說道。

神秘的術士微微一笑，冰冷的眼神中劃過了一絲殘忍的光芒……

十天後，燕國的首都薊。

就在這一天，這個常常被風沙光臨的城市，爆發了有史以來最慘烈的戰鬥。

據活下來的少數人回憶，那天早晨的霧氣，特別的濃重。數以萬計的妖魔，不斷地從濃霧中衝出來，一次又一次地進攻薊城。守衛被這些絕不可能出現的怪物，打得措手不及。

這場人類與魔怪之間的攻城戰，進行了整整十天十夜，薊城以及從各處趕來的獵捕者、冒險者以及武士，在這場戰役裡死傷無數，元氣就算一百年後也難以恢復。而薊城巨大的城牆，被毀滅了百分之八十以上，燕王更在自己的行宮中自殺。

活下來的一些行宮守衛發誓說，自己見到一名人類術士闖入了皇宮的主寢殿，他在燕王的耳邊淡淡地說了幾句話，燕王便一邊高聲大笑，一邊抽出隨身短刃，刺入了自己的脖子……

那名術士很年輕，但眼神卻很冷，冷得讓人全身會在他的注視下凍結。但更可怕的是，他身後的那個巨大魔物，那……那竟然是一直只在傳說中才出現過的蚩尤！

而在燕國的史書上，這麼寫道：燕王政二十三年，一名拋棄了靈魂的術士，與蚩尤簽下了邪惡的約定，並在當日對燕國首都進行了猛烈地進攻。我王為了保護城市的人民，在皇宮中與這個邪惡的術士進行了慘烈的生死戰，最後，壯烈地犧牲在寢殿內。

但人類最終擊敗了這名邪惡的術士以及妖魔，再一次保衛了自己的家園。這又一次證明了，人類才是這個世界真正的主人……

但遺憾的是，邪惡的術士並沒有在這場戰役中死去，他從此後消失無蹤，或許，還在世界上的某個地方，默默地擴展著自己的邪惡勢力。

據一些知情人士證明，這個術士來歷不明，只是在兩年前，突然出現在秦國的邊境上。當那裡的守衛查問他的名字時，他只說了兩個字——無痕。

不管說法怎麼樣，無痕，這個神秘的年輕術士，就在那一刻，成為了時代造就的第二個傳奇。而無可置疑的，炎黃子孫的後代們在恐嚇小孩的話語中，從此多了一個叫邪神的人……

※　※　※

而第三個傳奇，就如同大家所知道的，他，是個道士。根據他本人描述的，他是個嚴肅認真的人……但是，為免他的報復，我們還是就這麼姑且認為吧……

「姐姐，和我約會怎麼樣？」一個乾瘦的老頭坐在某個山洞的角落裡，正起勁地向身旁的年輕女術士搭訕。

女術士皺著眉頭，瞪了他一眼。「對不起，我對老伯沒有興趣。」

「什麼老伯！現在的年輕人真不懂禮貌。我今年才剛滿九十三歲而已。年輕力壯、老成有為，和我約會的話，妳絕對不會失望的！」老頭不滿地說道。

「這個色鬼！」女術士狠狠地用杖敲掉一尾石蛇，大聲說：「不要煩我了，總之我不喜歡歐吉桑，而且你泡美眉也應該看地方。這可是群妖洞，稍一不注意就會惹上一堆怪物。」

「在這裡約會也很有情調，就和我交往試試嘛。唉，我這個可憐的孤寡老人，從來就沒有年輕的女孩喜歡我。天哪，現在的社會真是黑暗！」這老頭還是不死心，抱著女術士的纖細美腿呼天喊地。

「放手死老頭，噁心死了！」女術士拚命地踹腿，可惜她很快就驚訝地發現，自己一向自豪的飛腿，竟然甩不開這個乾瘦的小老頭。

就在這時，遠處突然傳來一陣喧鬧聲。

「雷妖叛變了，大家快逃！」有人大聲喊道。

不久後，一大堆人慌張失措地向群妖洞的出口跑去。

女術士抓住一個人問道：「怎麼回事？」

那人驚惶地答道：「是一隊術士召喚的雷妖全部叛變了，牠們殺掉了自己的主人，正朝這個方向移動！」

「有幾隻？」女術士冷靜地問。

「大概有五十幾隻。」

「如果在狹窄的地方召喚火龍的話，我想，我大概可以慢慢地將牠們絞殺掉！」女術士思忖著，刻不容緩地掏出火符，在前方的狹窄處布下火龍結界。

那個人一邊跑一邊回頭，像想起了什麼，大聲喊道：「還有，那些雷妖全都有半王級以上！」

「王……王八蛋！」女術士差些哭出來，「這些話，應該在剛才就對我講清楚！」

所謂半王級的妖怪，指的是已經修煉了五百年以上的半精怪。實力根本就不是普通妖怪所能比擬的。

女術士拚命想要收回火龍，但已經來不及了。一群黑壓壓的影子緩緩地走過來，走進火龍結界，牠們在烈火中痛苦地嘶叫著。

不知為什麼，妖物總是對術士有種天生的仇恨，牠們可以在一堆冒險者中，很快地找出用術法傷害自己的混蛋，然後集體群扁他們。

這群雷妖也不例外，牠們怒吼著衝過熊熊火牆，向女術士跑過來，行動出人意料的快。

人類的行動，永遠也沒有憤怒的雷妖快，很快地，後退的路也被截斷了。女術士尖叫了一聲，絲毫沒有淑女風範地躲到小老頭身後。

「快想想辦法，不然我們死定了！」她一邊顫抖著，一邊衝小老頭說道。

小老頭不慌不忙地擺出一副無可奈何的神態，「我只是個可憐的孤寡老人罷了，能有什麼辦法。還是認命地死在這裡算了，至少有個漂亮的姐姐作伴，黃泉路上就不孤獨了，嘿嘿。」

「有沒有搞錯！人家才十九歲，才不要和一個又髒又醜的老頭死在這裡！」她絕望了。

小老頭嘿嘿笑道：「其實，辦法也是有的。如果妳答應和我交往，我就救妳。」

「就你？」年輕的女術士止住哭，望了老頭一眼，然後很堅定地搖頭。「還是讓我死在這裡算了。」

「喂！妳這個沒有禮貌的小妮子，至少也要裝作考慮一下的樣子嘛。真是太打擊我了！」小老頭沮喪地抬起手召喚：「以吾之靈魂換來汝之生命，小傑傑，出來吧！」

「汪！」一聲驚天動地的巨吼，從召喚陣裡傳了出來，金色的巨大神犬怒吼著，向雷妖撲去，血紅的火焰不斷從牠的嘴裡噴出，魔火所到之處，只聽見一陣陣「嗤嗤」的烤焦聲。

這些兇猛的雷妖在這隻妖獸面前，就像砧板上待宰的小雞一般，牠們恐慌地四處逃竄，可惜，這隻妖獸的速度實在快得驚人，不管牠們逃向哪裡都被魔火緊緊地跟著，焚燒著。

幾息時間，僅僅幾息的時間，五十三隻半王級的雷妖，都倒在這隻巨大的妖狗腳下。

「原來你是這麼厲害的道士！」女術士大感不可思議地，看著這個乾瘦到絲毫沒有特色的老頭。

這時神犬又是一聲大吼，牠誇張地撕裂開巨大的嘴，朝老頭撞過來，開口就罵：「死老頭子，不要每次都召喚我出來，有時候，也叫叫你那隻該死的懶貓。我很累的！像我這麼老的狗，已經到退休年齡，該安享晚年了。」

「你！你的妖獸居然會說話！」女術士驚訝地張大了嘴。

「這有什麼稀奇的，如果妳答應和我交往的話，我就把牠送給妳。」老頭得意地說。

「我才不要呢！」女術士毫不猶豫地搖頭，「這個怪物又老又醜，而且還會說話，好噁心！」

「真是沒有禮貌的小娃兒。」神犬氣憤地用肥屁股坐到地上，嘮叨著：「想當年我可是神獸之王，世界上所有的無主神獸，都唯我的命令是從。那種威風氣勢，像妳這種小女娃兒又怎麼知道！」

「但你還是被抓到了，還是被……哈。」女術士用眼睛瞄了一眼小老頭。

神獸像受到了莫大的打擊，牠一聲不吭的，居然不知從什麼地方摸出了一支旱菸管，「吧唧吧唧」地抽起來。

女術士的頭開始大了，她明白不快點離開這個怪老頭，說不定還會發生一些更莫名其妙的事情，那自己不瘋掉才怪。

「不管怎麼樣，還是謝謝您的救命之恩。我可以知道您的名字嗎？」女術士例行公事般地感謝道。

「我啊，嘿嘿，就叫我親愛的小天天就好了，未婚的單身男人，是美女婚嫁的最佳選擇！」

「天哪！我早就該想到，是那個老不死的傢伙！」女術士感覺自己已經瘋掉了……

傑嘯天，時代造就的第三個傳奇。這個好色而又糊塗的小老頭，是西漢冒險者中道術最高的人。

但是，西漢的年輕姑娘們都知道，如果有一天，有一個不起眼的乾瘦老頭色迷迷地看著妳，要求和妳結婚的話，妳大可毫不客氣的一腳踹在他臉上。因為，那一定就是我們骨頭非常硬朗的嘯天賢哲了……

※　※　※

至於第四個歷史造就的傳奇，也是最廣為人知的傳奇故事，在西元七四一年，緩緩地冒出了歷史的舞台。

時值唐末開元盛世以後，安史之亂之間，一名愛穿白衣的年輕男子，帶著他的妖怪僕人，創造出了一個又一個的奇蹟。

這個自稱為「夜不語」的獵捕者，在以後的很長一段時間裡，人們都稱他為——亂世智者。

很遺憾的是，這四個字，完全不包含任何褒義的成分。有的只是對這個本身沒有任何特異能力的主角那種油滑市儈，以及頑強如同蟑螂的生命力，以及好運氣的一種嫉妒罷了……

第二章 百足上藹

白衣如雪。

一個長髮女子靜靜地坐在草地上，烏黑的長髮如瀑布般散落在雪白的皮裘間，絕麗的臉孔像是泛著幽幽的惆悵，如鹿般微捲的睫毛輕輕地抖了一下，然後，她再次低下了明亮的眸子。

這是某座山的山頂，四周景象異常怪異。山峰重疊，狀如屏風，猙獰得像在攀比似的瘋狂向天空延伸。

這座山，一共有大大小小二十七座山峰，每一座山峰上，都沒有任何生命跡象。沒植被，也沒動物，甚至就連無處不在的蟲子，似乎也全都死絕了。

這是一片死地，但偏偏在山最中央的位置，卻有個一百步大小的平台。平台上長滿了生機勃勃的綠草，顯得和周圍的氣氛十分格格不入。如果有堪輿師看到，一定會驚訝得合不攏嘴。在風水上，那塊草地不但是死地，而且還是凶地，靠近那裡，無疑是自尋死路！

但那位絕麗的白衣女子，就平靜地坐在那裡，坐得那麼心安理得，似乎自己在這裡，原本便是一件理所當然的事情。

遠處的山澗傳來了一陣轟隆隆的響聲，女子長長的睫毛又微微抖了幾下，她的神色沒有任何變化，只是將頭埋得更低了。

巨響聲越來越近，整座山似乎都在響聲中顫抖起來。震動向四面八方傳開，猛地一陣腥風拂過，草地下邊的土，像是被某種不知名的力量向上推開，有個泛著紅光的龐然大物從地底爬了起來。

來了！

女子瞬間往後跳開，剛好避過了怪物嘴裡吐出的黏稠液體。

那些液體一碰到綠草，就發出一陣陣刺耳的「哧哧」聲，綠草的所有生機，似乎都隨著白色的煙霧蒸發掉了。

「好毒的孽妖，附近的村民就是你殺的？」女子嬌喝一聲，從背後抽出寶劍，飛快地向那東西刺了過去。

那妖怪形似蜈蚣，足有四、五十丈長，渾身泛著青紅色，爪子也赤紅如血，尖端有鉤，泛出金色。像是知道女子手中寶劍的厲害，牠或是在山壁上翻轉，或是在草地上亂跳，並不時捲起，然後彈開身體拍打地面，並時不時地吐出毒液。

就這樣糾纏了大約一炷香的時間，眼見自己老是碰不到那孽障的身體，白衣女子開始惱怒起來。

她用劍挽出幾道劍花，左手捏了個劍訣，然後用力一彈，頓時，有道若隱若現的光芒若白鏈般射了出去，狠狠地打在那頭大到有點不像話的巨型蜈蚣額頭上。

蜈蚣仰天慘吼一聲，尾巴一彎，鞭子似的抽打過去。女子又是向後幾個輕跳，險險地避過這一擊。

一人一怪，頭對頭的狠狠望著對方，像是有默契似的沒有再出手。

巨型蜈蚣噴出濕氣，揚起陣陣沙塵，牠的眼睛冒著通紅的光芒，憤怒得想將眼前的白衣女子一口吞掉。

那白衣女子雖然面色鎮定，但也並不算好受。心裡暗自叫苦道，這次可算虧大了，原本接受委託時，還以為是個小角色，雖然被告知，牠前前後後吃了村子裡好幾十人，卻也沒太放心上，還以為可以像以前那樣玩玩輕鬆的殺妖，收錢，走人的過場。

沒想到，冒出個百足上蠹，而且，看樣子恐怕有千年的道行，就快化成人形成精了。唉，倒楣，如果不小心的話，說不定小命都得扔在這裡！

虧大了！不對，應該算賺了！哼，這東西自己找了牠快半個月，現在被自己碰到也好。

想著想著，還是越想越不爽，女子乾脆吼出了聲音來，原本那副冰清玉潔、不食人間煙火的模樣，頓時坍塌。她左手輕彈寶劍，挽動劍花衝了過去。

寶劍不斷和千年百足上蠹硬碰，在黑暗的夜裡，迸發出一串又一串的火花。

也不知道牠的殼是怎麼長的，不論她怎麼砍，都無法留下哪怕一點痕跡。時間長了，反倒是手腕禁不住一連串的力道回饋，虎口發麻起來。

「媽的，什麼玩意兒，人家是妖怪，你也是妖怪，怎麼就不學學那些十分有前途的妖怪，看到老娘就開跑，省得老娘累死累活地跑任務，你以為這年頭賺錢容易啊！」美女已經被氣得完全沒有了淑女形象，用劍指著那妖怪，破口大罵。

不遠處山壁上的一堆石頭微微抖了起來，石堆後正躲著兩個青年男子。左邊的男子非常辛苦地捂住嘴巴，努力不讓自己笑出聲。

「老大，很痛！」右邊那個男子，長著一張帥到可以讓小女生尖叫的臉孔，幾撮泛著青黑的頭髮垂在眼前，臉上卻有一種哭笑不得的神情。他的視線，正凝固在右手臂那隻將自己往死擰的手上。

「吵死了，難得有好戲可以看，你給我安靜點。」手上擰得更用力了，我遠望著那個白衣美女，不禁又有一陣想狂笑的衝動。

「老大，真的很痛。雖然我是妖怪，但我還是有神經，會感覺……」帥氣的男子再次訴苦，話才說了一半，就被我用幾乎可以殺人的眼神給堵住。額頭上冒出了冷汗，男子識趣地轉移話題。「老大，我們真的不去幫忙？」

「青峰，你有病啊！」我又瞪了他一眼，像是在看一個白痴。「難道，還沒看出來那玩意兒是百足上藹！是百足上藹，而且有上千年的道行。

「我才不會像那邊的那個瘋女人一樣出去送死呢！還不如坐在這裡守株待兔。等他們這兩個不同種類、不同理念的生物交流完感情以後，咱們再優雅地去做親善大使的工作，又輕鬆又不費力氣，嘿嘿，簡直就是我個人原則的典範！」

好惡劣的性格！青峰感覺一陣惡寒，不禁打了個冷顫。

自己以後千萬不能得罪眼前的這傢伙，不然怎麼死的都不知道，就去見閻王了。

雖然閻王和自己也算滿熟的，不過，被自己的主人害死，恐怕會被那個死東西活活笑上好幾千年吧。

「你在想什麼？」我狠狠地在他腦袋上敲了一下，「認真給我看著，我去小睡一下。等到他們都打累了，再叫醒我。」

青峰臉上一副吞了好幾把黃連的苦悶樣子，忍不住在心裡破口大罵了幾句。

不過，唉，誰叫自己攤上了這麼個主人。也不知道自己是不是殺孽造得太多了，上天才派了這麼個煞星來整自己。

嗚嗚，主僕契約一生都有效，據閻王那小混蛋說，自己的主人這大混蛋壽命很短，只有一百三十多年罷了。

一想到這裡他就想哭，還要受一百一十年的苦，究竟自己還能不能熬到那個時候哦。

以後自己要多多行善積德，吃齋唸佛，看能不能讓那傢伙的陽壽減一點，好早點從苦海裡逃脫。

心裡雖然這麼想著，但青峰卻一絲不苟地按照命令，將視線牢牢地鎖定在那一人一妖上。

咳咳，先做個自我介紹。

本人是夜不語，著名的妖怪專家（自稱），為了世界的和平以及人類的和諧與安定，帶著自己的僕人青峰，持續地在這個唐末亂世中，與妖魔鬼怪戰鬥。

當然，解決問題之後，也會略微地向熱情的委託人，收取微不足道的報酬。

我這人最大的缺點，就是心軟，而且又善良，所以常常不忍心收取太多，導致至今還掙扎在貧困線上，為溫飽問題四處奔波勞累。唉，想在亂世中聚財，也不容易啊！

（青峰：以上純屬瞎掰。）

千年百足上藹的吼叫聲更大了，牠一弓身體，將自己彈到了空中。白衣女子不敢大意，緊握著劍向上望著。只見牠在空中微微地調整位置，似乎想要把自己壓扁。

「找死。」她冷哼了一聲，手中劍飛快舞動，一陣又一陣的劍氣，帶著刺耳的破空聲劃出，不斷打在了百足上藹的腹部。

那妖怪也是當真了得，慘叫著硬受了這一連串的攻擊，身體絲毫不停頓地向下壓過來。

女子想要跳開，只聽耳邊「噗」的聲音響起，慌忙閃躲。

有道腥臭的液體從她身旁射了過去，身側雪白的衣裙上像是被火燒過一般，捲曲地破開，冒出一波噁心難聞的黑煙。呼，還好躲得快，不然小命就不保了。

回身看了一眼，居然發現自己還在原地，恐怕那畜生根本就不期待那道毒液會打中自己，只是想將她逼回來罷了，好聰明的妖孽，不愧是要成精的東西！

白衣女子攪動劍氣，一邊瘋狂地向百足上藹的腹部亂砍，一邊拚命突圍。

可是，那妖怪似乎早看透了她的想法，只要她一離開原地五步遠，就有一道毒液準確無比地電射而至，將她逼回去。

眼看頭頂那個碩大無朋的堅硬軀體越來越近，如果砸到身上，絕對會落得個屍骨無存的下場。女子似乎絕望地放棄了，甚至閉上了眼睛。

躲在石堆後的青峰實在忍不住了，開始拚命地推還在熟睡中的我。「老大，曉月姑娘要完蛋了。」

「什麼要完蛋了？」我揉著惺忪的睡眼坐起身子，沒好氣地問。

「曉月姑娘！她快被那頭蜈蚣壓死了！」青峰急道。

「什麼蜈蚣！是百足上藹。虧你還是妖怪，連這種基本的常識都不知道。

「蜈蚣就是蜈蚣，不管牠怎麼修煉還是蜈蚣，可百足上藹就不一樣，牠雖然長得像蜈蚣，可是品種不一樣，運氣好修煉了千年以上的話，就可以脫開那層厚殼，變成人類的模樣，也就是所謂的成精。」我悠閒地解釋道。

「這些我都知道，可是曉月姑娘……」青峰被我急得臉都綠了。

我曖昧地看了他一眼，然後又更為曖昧地笑起來。「為什麼你這麼在乎那個又兇又沒有道德觀念的臭婆娘。難道你對她有意思？青峰，嘿嘿，不行喔，人和妖怪的戀愛，是不會有結果的。」

「誰說我對她有意思了！」青峰氣得險些喊出聲來。

我毫不在意他那副想吞掉自己的臉色，優雅地用手抵住下巴，慢吞吞地說：「難道我誤會了？切，本來還以為會有一場轟轟烈烈的人妖之戀可以看看稀奇，失望。」

青峰頓時捂住頭，呻吟起來。

見鬼了！為什麼老天偏偏讓這個性格惡劣的男人，和自己訂立了主僕契約。如果妖怪也有自殺這種行為的話，自己恐怕會成為有史以來，第一個因為自殺而下地獄的妖怪。

好不容易才整理好情緒，青峰依然氣鼓鼓地盯著自己的主人。「老大，真的不去救她？」

「不去，那個臭婆娘居然敢和我搶任務，讓她吃吃苦頭也好。」我說得斬釘截鐵。

「可是，那個苦頭的代價也太大了，搞不好她會把小命給丟掉。」青峰帥氣的臉上蒙著一層猶豫。

雖然他很想出手，但沒有主人的命令，契約會讓自己在瞬間失去所有的能力。貿然衝上去，說不定連自己也會沒命。

我舒服地靠在山壁上，漫不經心地望著不遠處的戰場，一人一怪，一靜一動，顯得分外的怪異。

風曉月的白色水袖，隨著風的方向微微擺動著，這女人，如果不說話的時候，倒確實是個少有的美女。

「真的不救？」又是青峰的聲音，他咬著下巴，用好聽得不像男人的聲音，說出了這四個字。

我皺眉瞪著他，就這樣一直瞪得他將頭低了下去，這才啞然失笑。「看不出你對那臭婆娘真有那麼關心，說對她沒意思，任誰都不會相信。」

「我說了不是！」青峰氣得鼻子裡都快噴出白氣來，帥氣的臉孔微微有點抽搐。「不是你在契約裡要求我，不能對人類見死不救嗎？」

「喔？有嗎？」我撓了撓腦袋，「我會那麼笨！」

「主人！」看他的神色，如果可以的話，他恐怕已經把我吞下肚子一百次了，而且，絕對不會吐骨頭。

「哈哈，青峰，你對人類了解得太少了。」看玩笑開得差不多了，我才指著戰場，慢悠悠地說：「你看風曉月，雖然她似乎閉著眼睛做出放棄的樣子，可是，臉上絲毫沒有絕望慌張的神色。

「雖然那臭娘們的表情一向如此，不過，我相信她一定還留了一個足以自保的絕招。那個絕招的威力一定很大，不但可以讓她反敗為勝，甚至能殺死百足上藹。我們就在這裡等著看好戲就夠了！」

「你確定？」青峰呆了一下，明顯大腦無法完全處理這個訊息。

「絕對肯定。」我點點頭，伸了個懶腰。

風曉月的頭頂似乎壓下了一整座泰山，閉上眼睛張開結界，雖然能有效地緩解那頭巨大的百足上藹落下的速度，但那東西還是在緩緩地壓下來。

就算劍氣結界再強，就算可以抵抗那種巨大的衝擊力和重量，可是，只要自己的氣一頓無法提起來，還是免不了死翹翹的命運。

自己這次實在是太大意了，居然會陰溝裡翻船！

還好，還有一張救命的王牌，雖然她非常不想用，會讓自己非常沒面子，不過，沒辦法了，總比小命不保要好得多。

就算被那個混蛋、人渣、敗類嘲笑……嗚，只好用了。

風曉月皓齒輕咬嘴唇，好不容易才鼓起勇氣，大喝了一聲：「夜不語，你這個宵小混蛋，有空在一邊看熱鬧，也不出來幫下忙，再不出來，老娘就要沒命了，快給老娘滾出來！」

石堆後邊的我們，明顯被她這聲獅吼給嚇了一大跳，嘴巴一時間都驚得難以合攏。

第三章 青峰雪縈

「老大，她似乎在叫你。」青峰指了指對面的戰場。

「嗯。」我發出沒有意義的聲音，腦子一時沒反應過來。

「老大，她的絕招就是這個？」

「嗯。」我還沒反應過來。

「老大……」

「夠了。」我狠狠地在他頭上敲了一下，從藏身處站起來，帶著招牌式的笑容朗聲道：「瘋婆子，我好像跟妳不太熟吧，憑什麼要我幫妳。」

「七三分成。」從她嘴裡吐出了幾個字。

「九一。」我悠閒地討價還價，「我九妳一。」

「人渣，你瘋了！最多六四，我六你四。」風曉月狠狠地瞪了我一眼。

我大笑，慢吞吞地坐到身旁的一塊石頭上。「這我倒要好好考慮一下了。如果妳不幸死掉了，那隻百足上藹也成了強弩之末，收拾起來，相對容易得多。

「到時候沒人和我爭，我還能得個十成十，何樂而不為呢？嘿嘿，還是在一邊看熱鬧的好。」

「混蛋。五五分！」

我掏出扇子搧風。

「四六？」

開始挖起耳朵，假裝聽不見。

風曉月感覺自己的壓力越來越大，纖細白皙的絕美手臂上，甚至出現了紅紅的斑點。這是功力過度使用造成的後遺症，自己恐怕就快散功了。

咬住下巴的雪白皓齒更加用力了，她像是鬥敗的母雞，大喊了一聲：「好，一九就一九，你還不來幫忙！」

我用力地將扇子合上，衝青峰比了個手勢。「上！用破空刃，砍百足上藹第四十六和第四十七隻腳中間的脊椎，那是牠的死穴。」

青峰早就在等這個時候，命令一出，他便化成一道虛影，如閃電般的劃了過去。手上纏繞著一層幽綠色的濃重光芒，破空刃幾次揮下，就將原本寶劍難摧的堅硬爪牙砍得七零八落。青峰跳到了千年百足上藹的脊背上，一邊默默計算著距離，一邊積累破空刃的厚度。

百足上藹見自己身上跳了一隻令人討厭的小蟲，扔又扔不下，殺又殺不了，只好在空中翻了一個身，讓自己白白的腹部面向夜空。

青峰的身法何等靈敏，幾跳之下站定了身體，嘴角流露出些微的嘲諷。是時候了！

「去死吧，臭蟲，我生平最討厭你們這種低等的妖怪。」他右手一揮，累積到足有五尺厚度的破空刃光芒猛地暴漲，狠狠地嵌入百足上藹第四十六和第四十七隻腳之間的位置。

千年百足上藹瘋狂地慘叫，在空中不斷彎曲著自己的軀體，堅硬的外殼順著破空刃刺入的地方，開始慢慢地龜裂開。

龜裂的傷口隨著高度的降低不斷擴大，最後一分為二，巨大的軀體在風曉月的頭頂正中央裂開，重重地摔在了地上。

風曉月兩膝一軟，跌坐下去，呼，總算是得救了。一邊飛快地回氣，一邊不動聲色地用眼神掃視四周，搜索著某樣東西。

我得意地哈哈大笑著，走到她面前，用扇子輕敲她的腦袋。「還不快謝謝妳眼前這位救命恩人。」

爽啊，難得有機會可以好好羞辱她，如果平白浪費掉，自己的良心會不安的。

「恩人！」出乎意料，風曉月聲淚俱下地喊了一聲，喊得聲情並茂，就差沒抱住我的大腿了，更喊得我雞皮疙瘩都冒了出來。

她用甜美的嗓音顫抖著激動地說：「如果沒有您這位獵捕者中排名第一的帥哥加實力派，小女子絕對會身死異鄉。實在是太感激了！那邊的那位小哥。對，就是你，過來。」

青峰指著自己的鼻子，有些摸不著頭腦。「我是青峰，不是什麼小哥。」

「我知道你是青峰，快給我滾過來！」剛才還燦爛的笑臉有了一瞬間的陰霾，不過那一瞬間過後，又是一陣萬里無雲的晴空。「小哥，帥哥，青峰，過來！難道你討厭奴家嗎？」

一股惡寒竄上背脊，有個老是自稱老娘的惡劣女子，現在居然開口閉口一個奴家一個小女子，明顯讓他有點消化不良。

小心翼翼地瞥了一眼正陷入自我陶醉狀態的主人，青峰無奈地走了過去。不知為何，總覺得有些不好的預感。

「看清楚了。」風曉月燦爛的笑臉後邊帶著一絲狡黠，她用黑白分明的美麗眸子盯著青峰，然後，猛地一把將我用力抱住。

一時間，兩個人都愣住了，這瘋婆子到底想幹什麼，難道，不會是……

猛地想到了一種可能，我原本呆滯的身體開始石化了。糟糕！沒想到，那臭婆娘居然會知道這個秘密，死定了！

青峰臉上帶著怪異的笑，有點憐憫地看了我一眼，然後，臉色開始陰晴不定起來。

「瘋婆子，妳實在太狠了，當心以後生孩子沒屁眼。」我恨恨地罵道。

「放心，我這輩子都堅持獨身主義，不會有這種煩惱。」風曉月帶著越發濃烈的甜蜜微笑，將我抱得更緊了。

沒什麼力氣的我，不論怎樣掙扎，都無法從這個萬人憧憬的香懷裡掙脫出來。

青峰的臉色變得蒼白，漸漸全身都顫抖了起來。

「妳給我記著，下次再栽到我手裡，我絕對會把妳脫光了，扔進窯子裡去。」我乾澀地威脅道。

風曉月繼續甜笑，還用右手「不小心」死命擰著我胳膊上的肉。「嘻嘻，臭人渣，如果你過不了這關，恐怕就再也見不到我了。」

青峰略微泛著青色的短髮開始變長，髮質也變得油亮發黑，如同一潭深不見底的美麗湖泊，身高在縮水，皮膚卻細膩白皙起來。

不久後，有位女子出現了，她一襲白衣如雪，烏黑長髮隨風飛舞，冰雪的肌膚，絕美的容顏，將背後雲層中逃出的那一輪銀白的滿月，也映得黯然失色。

這美女初看之下會感覺驚為天人，但是一開口，就說出了一句如冰雪般寒冷到令人凍結的話語。

「放開！」她盯著風曉月淡淡說道，身旁縈繞的白色冷霜猛然凝固起來，無數顆拳頭般大小的冰塊懸在空中，也沒見她有什麼動作，那些冰塊已經閃電般射了過來。

「好自為之了，帥哥。」風曉月輕輕拍打著我的臉，接著飛快跳開，用手在不遠處的地上一撐，將掉出來的千年百足上藹內丹揣入懷裡，然後，一刻不停留地溜掉了。

遠遠的，她還不無可憐地傳音過來：「臭人渣，想佔老娘的便宜，等你再修煉個幾百年吧。」

呼嘯著的數百顆冰塊，在離我的鼻尖只有一指頭的距離，唐突地停住了，似乎總算感受到地球的引力，紛紛跌落在地，迅速地化成水，流進了草叢裡。

「主人。」絕麗的女子臉孔上沒有一絲表情，她嬌軀一閃，已經站在了我擬定的逃跑路線上。「您要去哪？」

她清脆得猶如珠玉相碰的悅耳聲音，卻讓我有些心驚肉跳，急忙笑著掩飾自己的尷尬。「喲，原來是雪縈，好久不見了。」

美女絲毫沒對我這句沒有營養的話產生任何反應，只是略帶幽怨地道：「主人不想見雪縈嗎？」

「怎麼可能，我最喜歡雪縈了。」我打起了哈哈，開始說違心話。

「真的？」

「當然是真的。」

「您剛才不是想逃嗎？」

「哪有！」我恨不得賭咒發誓，將心挖出來給她看。

雪縈是我僕人的第一性格，也是主導性格，不過由於一些原因，我不得不把她封印起來，讓第二性格青峰跟在自己身旁。

至於是什麼原因，嗯，那個，實在是有些難以啟齒，主要是因為，她實在太在乎我，太過於關心保護我了，不論是誰碰到我的身體，她都會毫不加考慮地將其凍成冰棒。

記得幾年前，有一次，我在客棧裡被某個盜賊光顧了，他在我手指上留下了一個小傷口，雪縈遷怒了整個小鎮，接連下了三天三夜的暴風雪。

死了不少無辜的人，這倒是沒什麼關係，不過，由於她報復得過於投入，以至於將我都凍成人肉冰雕時，我深深感到了她的危險性。

廢話，再多來幾次，就算有幾條命也不夠死。

還是青峰好控制一點，雖然他實力不怎麼強，不過性格軟弱，很好欺負。

雖然是將雪縈這個人格封印，不過還是有個問題，只要一有生物和我的身體有過激的接觸行為，特別那生物是雌性的時候，她就會衝破封印跑出來。

「主人，您果然還是討厭雪縈！」雪縈下了判斷，冰冷的語氣裡，微微產生了一種不知名的波動，周圍的氣氛頓時冷了下來。

「我怎麼可能會把雪縈扔掉，一個人逃跑呢！絕對不會。」我打了個寒顫，頓時做出一副堅毅的表情，斬釘截鐵地說。

「真的？」

「我發誓！」

「那您剛才是想幹嘛？」寒霜般的語氣，總算稍稍緩和了一點。

「我，那個，我……我當然是想去追那個瘋婆子風曉月了。」腦中一道靈光閃過，我立刻找到了推卸責任的方向。「妳沒見到那妮子，搶走了咱們的千年百足上藹內丹嗎？」

「那位小姐居然敢搶主人的東西。」雪縈沒有表情的臉上劃過一絲怒氣，「請讓我去把它拿回來。」話音剛落下，她的身影已經從眼前消失了。

我長長地吐出一口氣，坐到了地上。嘿嘿，瘋婆子，不要怪我把這顆燙手的山芋扔給妳。不管怎麼說，這個禍還是妳闖出來的，自個兒去收拾殘局吧。

至於我，當然是腳底抹油，先溜了再說，等一炷香過後，我最最可愛的青峰回來了，再去做一些微妙的善後工作。

我得意地哈哈大笑著，在腳底貼上神行符，鼠竄著往山下逃去。

※　※　※

來的時候還不怎麼覺得，離開時，才發現這座山透著詭異。四周煙霧繚繞，白色的氣體濃重到有如實質一般，風曉月不得不承認，自己迷路了。

不遠處，似乎有一縷白影優雅地飄在空中，她似乎預感到了什麼，心裡「咯嗒」一聲，猛地打了個冷顫。彷彿是為了證明自己預感的真實性，那白影已經瞬間移動到了眼前。

「拿來。」那白影吐出冰冷的聲音，雖然悅耳得猶如天籟，但此刻傳入耳中，卻有著說不盡的諷刺。

風曉月苦笑起來，今天究竟是什麼大凶日，連續兩次偷雞不著蝕把米，倒楣到姥姥家了！

「是雪縈嗎？」她穩定下自己的情緒，柔柔地說道。

雪縈輕輕揮手，眼前的白色霧氣便消失得無影無蹤，露出了窈窕絕美到可以迷倒眾生的身影。

即使是同樣身為女人的風曉月，也忍不住嫉妒，切，明明是妖怪，幹嘛長得那麼漂亮，還讓不讓那些普通姿色的人活了！

「拿來。」美麗女子的臉龐上，似乎永遠難以看到除了冷以外的其他表情。

「妳要什麼？」風曉月裝出迷惑的樣子。

雖然這次，還是第一次面對那妖怪的第一人格，不過，就青峰那第二人格看來，應該也聰明不到哪裡去吧。

「內丹。」雪縈的話詞無枝葉，很乾脆。

「嘻嘻，小妹妹，我這裡什麼內丹都有，妳不說清楚，我怎麼知道妳想要哪個呢？」風曉月一邊甜笑，一邊暗暗尋思脫身的方法。

「百足上藹。」如果要放在往常，今晚雪縈的話已經算很多了，不過話越多，也就表示她越沒耐心。

「切，今天又白幹了。行，我給！拿回去，記得幫我問候妳的混蛋主人。」風曉月沮喪地從兜裡，爽快掏出一顆還泛著雪白光芒的內丹，然後運氣，用力往雪縈的相反方向扔去。

白影微微泛出一絲漣漪，便不見了，只見一道光芒，飛快地追著向西方飛去的內丹。嘴角流露出濃烈的笑意，風曉月立刻往東邊逃逸。哼，畢竟是沒有腦子的妖怪，雖然不知道活了幾千年了，不過要和人比聰明，還是嫩了點。

剛逃了沒多遠，甚至笑意都還沒散去，有道熟悉的影子，已然立在了自己的身前，白色飄逸的衣裙，依然面無表情的臉。

雪縈左手拿著那顆被扔出去做誘餌的雷妖內丹，右手向自己攤開。

「拿來。」

靠！這世界上，居然還有這種陰魂不散的玩意兒，風曉月的怒氣不斷積累，本來就不算什麼善男信女的她，狠狠地抽出寶劍，惱道：「臭妖怪，老娘難得給妳臉，妳不要就拉倒，幹嘛那麼死纏爛打，妳還真以為老娘怕妳啊！」

雪縈不言不語，只是冷冷地看著她。

「不准用那種眼神看著老娘！」風曉月右手挽出劍花，一出手就是個絕招。「風舞。」

透明的氣壓立刻縈繞在雪縈的四周，壓力在不斷加大。

這一招，就算是同屬性的千年風獸，也不一定能扛下，但雪縈只是水袖一揮，天地頓時安靜了下來。

風曉月滿臉的難以置信，不可能！至今為止，還從沒看過有哪個妖怪如此輕鬆，就能將風舞這一招完全化解掉，這傢伙，究竟是什麼妖怪？

臉上劃過一絲凝重，手上的劍卻沒有停頓絲毫。寶劍飛快地舞動，散射出一道又一道的劍氣，她也藉此緩緩地將兩者之間的距離拉開。

飛快地掏出一張風符，貼到劍柄上，左手捏了一個劍訣，寶劍立刻一分為二，二分為三，眨眼間，上千把劍絢麗地懸立在山谷的上空。

每一把劍都彷彿是真的，一模一樣，在月色的映照中，微微泛著淡紫的光芒。

「月華！」風曉月嬌喝一聲，成千上萬把劍，瘋狂地攪動起來。帶著巨大的風壓，彷彿就要破碎虛空似的，轉動著，無堅不摧地向雪縈絞去。

遠遠的我看到了這一奇景，忍不住咬牙切齒地痛罵起來。

那個瘋婆子，在對付千年百足上藹的時候，果然沒有露出自己的真正實力，恐怕她早就發覺自己在一旁守株待兔了。哼，這次居然被擺了一道！

萬千把色彩華麗的寶劍越來越近，雪縈依然沒有任何動作。就在快要短兵相接的時候，突然發出了一陣陣震耳欲聾的金屬碰撞聲。所有的劍就在離她只有幾尺的地方，全部唐突地停住了，就那樣緊緊懸在空中，然後紛紛墜落進山澗。

只有一把劍，似乎像受了傷的兔子一般，逃竄回風曉月手裡。

「老娘的月華！」風曉月心痛地看著自己的寶劍，原本籠罩身上的紫色光芒，已然黯淡了許多，想要恢復過來，恐怕至少要半個多月了。

心中的氣惱，在此刻的寒風裡微弱了不少，她的大腦逐漸冷靜下來。

眼前的這個叫雪縈的妖怪很強，非常強，比她的第二人格青峰，不知強了多少倍。就算是師父出山和自己聯手，說不定也沒有多大勝算。真不知道夜不語那個絲毫沒有任何能力的臭人渣，是怎麼將她收服的？

「妳究竟想要怎樣？」她第一次感到有些絕望，底氣不足地問。

「內丹。」絕麗的女子再次向她攤開右手。

罷了，罷了，再打下去，也沒有什麼意思。

風曉月在心裡嘆了口氣，老實地將千年百足上藹的內丹掏出來，放在那隻雪白纖細，美到沒有任何瑕疵的柔軟小手上。

雪縈看了一眼掌心，身影一陣漣漪波動，已然消失在了自己眼前。

就在那刻，她覺得自己全身的力氣彷彿都用光了似的，從空中往下落去。我的老祖宗，自己總算是明白，為什麼夜不語那人渣，會把她的第一人格封印起來了。

那種力量，絕對不是一個凡人能夠控制的，如果稍有閃失，恐怕會造成一場沒人能夠阻止的滅頂浩劫！

第四章 毒

山下小鎮的某家客棧裡，我正蹺著二郎腿盤算時間。

想來雪縈也該被重新封印起來了，這才唸動咒語，掏出一張連心符，胡亂晃了幾下後燒掉。沒過多久，青峰那傢伙，出現在我眼前。

「老大，奇怪了，為什麼百足上藹的內丹會在我手上？」他疑惑地撓著腦袋，略帶青色的頭髮有些亂，看來是已經完全恢復了。

我立刻面帶著笑容衝他說：「青峰，過來。」

青峰猛地打了個冷顫，「怎麼天氣突然冷起來了？」

「過來，我有東西獎勵你。」我的笑容越發真誠起來。

「老大，你居然會給我物質上的獎勵！我的妖主！」他感動得淚流滿面。我實在忍不住了，親自走過去，一腳就踹在了他的屁股上。

「老大，幹嘛踢我？」他的臉上還殘留著感動的淚水。

「我哪有踢你。」我無辜地將手也伸了過去，「我怎麼可能只踢你，我還踹你，我打！我掐！我靠！今天真的倒楣死了！」

「嗚嗚，不要啊，老大，我這次真的什麼都沒幹！」

「切！你還敢用幻步，看我的契約封印，乖乖地給我站著。

「呼，好爽。」輕輕揉著拳頭，我長吁了一口氣，看了一眼被打得不成妖相的青峰，忍不住又踢了一腳。「裝什麼，我那點力道，還傷得了你這種大妖怪？」

青峰捂著臉，可憐巴巴地站起來。「你剛才用了契約封印，我現在的能力，比普通人都不如。」

「啊……哈哈，抱歉，一時間沒注意。」我不好意思地撓撓頭，立刻轉移話題。「內丹呢？」

沒等他說話，我已經將掉在地上的百足上藹內丹拿到手裡。只見這顆不大的珠子，泛著白色的光芒，真是越看越可愛，特別是心裡知道它還非常值錢的時候。

「老大，你幹嘛要和曉月姑娘拚了命搶這顆內丹？」被解開契約封印咒法的青峰，恢復力實為驚人，不過幾息的工夫，被我打到已經算整形的傷勢，就全都復原了。

「青峰，你恢復的模樣，真讓人百看不厭，實在是太神奇了。」我漫不經心地瞥了他一眼，眼神中那種想要將他解剖切片，慢慢研究的衝動欲望，嚇得他身體一陣一陣發麻。

「哈哈，放心，我不會把你怎麼樣的，畢竟，我們訂立的是生死契約。如果你死翹翹了，我也差不多會完蛋的。」我慢悠悠說道，心裡又不爽起來。

當初幹嘛要訂這個麻煩的生死契約，雖然說這類的契約在主僕契約裡，約束效果是最大的，不過弊端也很多。

就像我想稍微和自己的僕人，做一些互動性質的接觸，增進感情時，這傢伙就哭天喊地地以死相逼！

切，自己不過是想要他的一隻手，以及幾個不關鍵的內臟罷了，有什麼大不了的，割下來後，不久就又會長出來嘛。

唉，又不敢從雪縈那入手。雖然就算我要她的頭，忠心耿耿的她，也會毫不猶豫地割下來給我，只是，她的力量實在太強，我沒能力，也不敢去硬抗。

一把將想要逃掉的青峰抓回來，我將內丹舉到和視線相平的位置，說：「青峰，你知道這個內丹，有什麼用處嗎？」

「當然知道。」他昂起頭得意地說，「如果是千年道行以下的妖怪，吃了千年百足上藹的內丹，立刻會增加五百年的道行，脫去凡胎，化為人形。

「一般的蛇蟲走獸，吃了也會變得有靈性，成精怪要相對容易很多。但是，這東西對已經成精的妖怪而言，除了當補藥外，沒有任何用處，當然，它對人類應該也沒什麼作用才對。」

「大體上是這樣。」我微微點頭，「不過，這東西對人類而言，最大的用處是解毒。《神州怪異志》上，就有關於這點的記載。

「當然，這顆內丹如果放在平時的話，我根本看都不會看一眼，更不要說花力氣和那個瘋婆子去搶。畢竟，百足上藹這種妖怪，也不是什麼好惹的對象，下重本去搞一個沒有什麼用處的東西，不符合我的原則。」

「那為什麼……」青峰疑惑地望著我。

我笑，盯著那顆內丹的眼睛，已經泛出了銅錢的光澤。「笨蛋，當然是因為這顆珠子現在身價千倍，有人肯花一百萬兩銀子收購。哈哈哈，這次發了！」

「一百萬兩？」青峰的眉頭一緊，畢竟，他已經跟了我不短的年月，簡單的人情世故還是明白的，當即掰著手指算道：「客棧裡一間上房需要一兩銀子，每天吃喝的必要開銷，最多二兩五。

「那麼，一百萬兩就是二十多萬個三兩半，那該夠我們用多少年啊……」

數著數著，指頭明顯不夠用了。

「切，到時候，誰還去住一間一兩的房子，到時候天天吃大餐！」我哈哈大笑著，用力拍他的肩膀，笑得十足像個暴發戶。

「但是，究竟是誰會花這麼多錢，買這個沒什麼用處的內丹？」看來活的時間長了，還是有好處，就連青峰這種腦袋不開竅的妖怪，也學會了簡單的推理。

「當然有，特別是對妖魔沒有自保能力，偏偏又財大氣粗的人。」

我依然笑意漫溢，小心地將這顆「招財樹」放進袖中的口袋裡，這才解釋道：「譬如說，某個大官的掌上明珠，在散漫的遊玩途中遭到襲擊，人是救出來了，可惜，卻被發現身中劇毒，沒有醫生能治好，也沒任何藥物，能讓這位千金大小姐的病情有起色……

「這個時候，千年百足上藹的內丹，就很有用處了，這個天下第一解毒聖物，不論是什麼妖怪下的毒，都能清除。」

「難怪！」青峰恍然大悟，但還是有一絲疑問。「但如果有人比老大早拿到，不就白忙了！」

「不可能。青峰，你被封印了好幾千年，恐怕還不太了解現在的世道。」我悠閒地衝他搖動食指。

「只有敗毒珠才有用，而要形成一顆敗毒珠，足足需要百足上藹吸取千年以上的月亮精華。百足上藹現在早就成了稀有物種，更不要說是千年以上的老東西。

「通常這些玩意兒，都會早早地藏匿起來，直到成精變人後才會出來。這次如果我們不是尾隨著風曉月那個瘋婆子，哪會有那麼好的運氣搞到手。」說著說著，我又忍不住大笑起來，一臉的得意。

風曉月又在自己手裡栽了一回，現在她恐怕已經丟臉地跑回峨嵋，買塊熱豆腐一頭撞死了。

「老大。」見我出神，青峰乘機狠狠地敲了我一下。

我心情大好，也難得不和他一般見識，只是瞬間捏動替身咒，用契約法術，將全部的痛苦轉移到他身上。

響。

只見他的身體，頓時被一個無形的力量撥開，撞到身後的牆上，發出一陣刺耳的悶望著他哭笑不得的臉，我微笑著朗聲道：「明天一早，我們就出發去長安。為免某些宵小趁火打劫，青峰，你今晚就蹲在窗戶下邊守著。」

青峰肩膀上被自己力量轟出的凹痕，飛快地復原著，轉眼就恢復如常，但臉色卻絲毫沒有好看一點，只是有氣無力地應了一聲。

我瞪著他，嘴角咧開略微抽象的笑，一字一句地慢慢道：「如果被我發現你偷懶，哼哼，我想契約咒的其他幾個咒語，我也可以好好唸一遍了！」

他嚇得頓時跳了起來，精神奕奕地拍著胸口道：「老大，青峰絕對誓死完成任務。」

哎呀，看來這小子跟我混太久，變得越來越圓滑了，真不知道這種性格，到底是好是壞？

切，算了。

我躺在床上，將袖中的內丹拿出來仔細打量，內心卻隱約有一絲陰霾。

這個本來就已經很混亂的世界，越來越不太平了。

※　　※　　※

黎明還沒到，一聲淒慘的雞叫就劃破了這個漫長的夜晚，緊接著，整個小鎮都熱鬧起來。

人們雞飛狗跳，像是熱鍋上的螞蟻一般，敲鑼打鼓的，硬是把我從春夢裡吵醒了。

「青峰！」我坐起身惱怒地吼道，「衝下去，把那些吵死人的傢伙都給我殺了！」

「真的要殺？」青峰愣了愣。

「白痴。」見他一副呆呆的認真樣子，我忍不住順手將床邊的臉盆扔了過去。

穿好衣服走到窗邊往外望，只見鎮子裡的人紛紛點起火把出門，雜亂無章的隊伍，鬧哄哄地在街道上，形成了一條彎曲的長龍。

「發生什麼事情了？」我回頭問。

青峰老實地搔頭，「不知道，我一直在窗戶下蹲著。一邊蹲一邊數羊，然後，下邊就鬧起來了。」

老天，是我的錯，我不該問這個白痴的。唉，可惜了，這傢伙帥氣得有牛郎的資質，就是沒大腦，也不知道他怎麼修煉到這種程度。

「算了，管他們的死活，總之也沒錢可以拿。」我打了個哈欠，正想塞住耳朵睡個舒服的回籠覺，房門就在這個時候被人敲響了。

「公子！夜公子！」聽聲音像是客棧的掌櫃，他的語氣焦急，敲門的手更用力。

我示意青峰開門，那傢伙警戒地緩緩走到門口，然後猛地將門拉開。掌櫃一時沒心理準備，力氣沒受力物體的狀況下，跌跌撞撞地跑進來，險些摔倒。

「夜公子。」掌櫃扶了扶帽子，也沒施什麼禮，急匆匆地問道：「夜公子是不是道師？」

「廢話，當然不是，你見過這麼帥的道師嗎？」我哼了一聲，驕傲道：「我是獵捕者。」

「都一樣。」掌櫃急得滿臉皺紋都擠到了一塊兒，「您會抓鬼嗎？」

我和青峰對望了一眼，點頭道：「老本行。」

「太好了，老天保佑，我侄女有救了！」掌櫃長長地呼了一口氣，「能不能請夜公子幫忙驅鬼，我侄女被鬼附身，鎮子裡的人要把她給燒死。」

「沒興趣。」我搖頭，毫不猶豫地拒絕。

「為什麼？」掌櫃剛生出的希望，被硬生生地打了回去，身體無法接受地僵硬起來。

「青峰，送客。」我沒解釋，只是走到窗邊，又往外望了一眼。

現在整個小鎮，都是一片混亂。

那瘋婆子風曉月逃走後，一定會將敗毒珠在我手中的消息傳出去，到時候，有多少獵捕者會計畫暗中打劫我，根本就無法預料。

在沒有將一百萬兩銀子揑到手裡之前，最好的辦法，就是「潔身自愛」，能少碰一點麻煩，就盡量不多一事。

同樣身為追捕者的我，當然明白圈內的事情。有許多傢伙，為了錢，什麼事情都幹得出來。自己不正是這種人嗎？

「夜公子，難道您真的要見死不救嗎？」那掌櫃還不死心，在青峰將門關上後，還繼續淒慘地在門外喊著：「那個孩子真的是無辜的。嗚，我的小依，我可憐的孩子，妳真的好命苦啊！」

「好吵！」我從衣兜裡掏出一張符紙，捏成兩團將耳朵堵住。可那該死的、帶著穿透性的難聽沙啞哭喊聲，依然傳了進來。

「小依……妳伯伯我真沒用，我救不了妳。夜公子，您行行好，我給您跪下了！」

青峰忍不住了，將我耳朵裡的紙團扯出來，悄聲道：「老大，真的不救？」

「多嘴。」我狠狠地瞪了他一眼，「你這傢伙，究竟是不是妖怪啊？怎麼比我還有良心！」

「我只有魔核，沒有心。」青峰指了指自己的肚子，又道：「老大，我昨晚就想告訴你一個十分嚴重的問題。」

「說。」我掏了掏耳朵，那掌櫃的聲音還真不是一般難聽。

「我們已經差不多沒盤纏了。」

「什麼！」我一把抓住了他的衣領，「怎麼可能！十多天前，我們才狠狠賺了一筆。」

「可是不久以前，老大在『肥羊來賭莊』稍微豪賭過一兩次……」

我一時語塞，放開青峰，還順便將他的領口撫平。「我們還剩多少？」

「三兩。」

「三兩？也就是說，根本就只能撐兩天了？」

「理論上是，不過，如果明天把客棧的錢結了，恐怕會變成負資產吧。」

「也就是說，我們不接工作，完全不可能到長安？」

「理論上應該是。」

我一腳將青峰踹開，打開門，衝還跪在地上的掌櫃奸笑道：「你願意出多少錢？」

掌櫃一時間愣住了，好不容易反應過來，滿臉興奮。「夜公子願意幫我的小侄女驅鬼——」

「廢話，你要出多少錢雇傭我？」我不客氣地打斷他。

「一、一百兩夠吧？」他小心地伸出一根手指，「這是我的全部積蓄了。」

「好價格。不過這房錢……」我撓了撓鼻子。

「當然算我的。」

我哈哈地笑起來，衝他比著大拇指。「你侄女有你這樣關心她的伯父，真是幸福啊。

那我們現在就去看看吧，掌櫃的。」

第五章 欲色鬼

火把的長龍，彎曲地向著鎮子的東邊延伸，掌櫃小心翼翼地在前邊帶著路，穿過幾條小巷子，有棟不大的房舍出現在眼前。

門口鬧哄哄的，鎮子的長老名紳，正和門前邊的一個年輕男子苦口婆心地說著什麼。那男子大約二十歲左右，滿臉憂慮，此刻的他，如同一隻脾氣暴躁的山羊，不論是誰，只要一觸碰，就會用頭頂的角刺過去。

他用雙手攔在門前，大聲對鎮民喊著：「不管怎麼樣，都不准進去。」有位長老皺著眉頭，怒氣沖沖地吼道：「不孝子，快給我滾回去。你在這裡湊什麼熱鬧。」

「爹，依依是我的未婚妻，是你未來的兒媳婦，你們不能把她燒死！」那青年男子絲毫不讓步。

「你，你——」長老提起手裡的枴杖就想打下去，但最後還是不忍心，重重地垂下手，一時間彷彿老了十歲。

他捂住胸口，嘆口氣對旁邊的人道：「這個兒子，老朽實在是管不了。麻煩各位了。」一旁的幾位長老點點頭，囑咐道：「把他抓起來。」

立刻就有十多名壯漢衝上去，很快地將那青年按到地上。

男子惡狠狠地拚命掙扎，吼著：「你們不能燒死依依，她從小就孤苦伶仃，無父無母，這輩子什麼福都沒享過。

「可是，她那麼善良，你們誰沒有受過她的幫助？你、你，還有你。你們就真的忍心燒死她？她究竟做錯了什麼？」

接觸到他視線的鎮民，紛紛將眼神轉開，有的望著天，有的看著地，看得那麼仔細，彷彿上邊蘊含著莫大的哲學道理。

有位名紳嘆氣道：「陸依依是個好女孩，我們都知道，她心地善良，沒有人願意傷害她。但是，她中了邪！如果不把她燒死，整個鎮子都會有大禍。你忍心嗎？」

「我不管，你們有什麼證據說她中邪了？她只不過最近有點神經衰弱罷了。」青年男子猶自說著，眼睛裡焦急到一片血紅。

「小澤，我是看著你長大的。我知道你從小就喜歡依依這丫頭。」

那名紳望著他的臉，緩緩地說：「你以為大家什麼都不知道嗎？你的依依走到路上，常常會莫名其妙地昏倒，昏迷時，會莫名其妙地浮到空中，還常常對男人淫穢地豔笑，這不是被鬼迷了是什麼？

「還有，她力氣大得嚇人，可以輕易將好幾個壯年男子扔到十幾尺外，不是中邪了，會有那麼大的力氣？如果不燒死她，我們整個鎮裡的人恐怕都會被她殺死。這種事情，祖上早就有記載。」

「可是……」青年依然在掙扎。

「難道，你忍心看著你年邁的老父，就連安享晚年的機會都沒有，忍心讓這個生你養你的故鄉被毀掉嗎？」

掙扎越來越無力，青年將頭磕在地上，滿臉的淚水。「依依，我救不了妳……是我沒用，妳放心，就算妳死了，我也不會獨活。黃泉路上，奈何橋頭，不論是哪裡，我都會陪著妳。」

他老爹走過去，狠狠地一枴杖打在他頭上，老臉也忍不住淚眼縱橫。「渾小子，你死了我還活什麼？我們趙家就你一根獨苗，你這個不孝子，居然為了一個女人要死要活的。以後誰來延續趙家的香火，我以後怎麼去見趙家的列祖列宗！」那對父子哭作一團。

這邊的我，將整場鬧劇收進眼裡，意猶未盡地說：「比演戲好看多了，果然還是真人真事有意思！」

一旁的青峰詫異地看了冷血的主人一眼，小心翼翼地問道：「老大，我們是不是該出場了？您平時不是教導我，所謂『趁火打劫』這個意味深長的成語，就是為這種不死不活的慘景量身製作的嗎？」

「有長進！」我重重地拍了拍他的肩膀，「我們的老闆呢？」

他疑惑地看了看身旁，「那位掌櫃不知什麼時候走了。」

「錢收到沒有？」

「收到了一半。」

「那，開工。」我滿意地點頭，「啪」的一聲搖開摺扇，走了出去。

先是輕輕搖著扇子，暇逸地等人來詢問。只是那邊哭的哭，嘆氣的嘆氣，居然沒人注意到我。

我忍不住了，咳嗽了幾聲，說道：「各位。」

那位嘆氣的名紳這才抬起頭，詫異地看了我一眼，拱手道：「公子有禮。」

這個世界上，為什麼到哪裡都有老狐狸，難道人老了，真的能成精嗎？我打量著他，肚子裡咕噥著。

剛才看這傢伙勸說那青年男子，動之以情，敘之以理，就知道他也不算什麼好鳥。

「有禮，有禮。」我也拱手，造作地看了一眼四周，假意問道：「不知道這裡發生了什麼事，為什麼所有人都趕過來了。」

「公子是哪裡人？」這老狐狸似的名紳眼睛裡，滑過一絲不知名的閃動。

「不是本地人。」我打太極。

「原來如此，難怪公子不知道。」這名紳裝作恍然大悟的樣子，耐心解釋道：「鎮子上出了大事。十天前，這裡一名叫做陸依依的女子，被鬼纏上了。」

「所以，你們想燒死她？」我裝出驚訝的神情問。

「公子果然博學。」那老狐狸心理暗罵，卻又聲情並茂的，將他們老祖宗的一套娓娓道來。

「原來如此，有理有理。不過，你們為什麼沒想過找人除鬼？」我淡然地望了望四周。

「談何容易！這個世道，和尚都因為聖上的寵幸，每天誦經唸佛，只知道讀理論上的東西，誰還會捉鬼……」說著說著，他臉上一變。「難道，公子認識能捉鬼的高人？」

「遠在天邊，近在眼前。」我「啪」的一聲合上摺扇。

那名紳半疑半信地看著我，悄聲道：「公子，請借一步說話。」他將我帶到附近的屋子裡，客氣地請我坐下，然後出門，帶著那對剛剛還哭得慘兮兮的父子進來。

那年輕人一見我，立刻雙膝一併，跪了下去。「公子，請您救救依依。」

「捉妖除魔，救死扶傷，是我的工作，我可受不起公子的大禮。」我正氣凜然地昂首道，看得一旁的青峰都傻了。

自己的主人，居然會說出這種正義味十足的話，難道，是自己耳朵出了問題？

「當然，工作也是需要外在因素大力支持的。」我語氣一轉，微微笑道。

那年輕人的老爹也很上道，掏出一張銀票，硬塞給我。「就請公子多多費心了。如果那女子死了，恐怕我兒子也活不下去了。區區五十兩，請公子笑納。」

「既然是區區五十兩，我也不好意思不識趣。」我將銀票塞到懷裡，「不過，驅鬼的材料有些麻煩，很多都不是現成的……」

「請公子將材料說出來，我會命令下邊的人準備。」名紳意味深長地看了我一眼。

「就算我說了，你們恐怕也找不到。」我悠然地道，「這樣吧，我就吃虧一點，你們再準備四百兩，其餘的我補上，就當是做好事了。」

青峰張大了嘴巴，險些倒在地上。暈！什麼材料費，不過是叫自己去做牛做馬，累個半死不活罷了。他倒是好，坐著指揮，說幾句閒話，就有大把的銀子進帳。又什麼時候給自己這倒楣鬼發過工資了？嗚嗚，遇主不淑！

「四……四百兩。」一旁的三人也呆住了。

長老和名紳掰著手指頭，在算四百兩是多少，還是年輕人比較有氣魄，嗯，其實，也能說是不知道油鹽米貴，年輕人大喊了一聲：「爹，依依如果死了，你就沒有兒子了。到現在還心疼錢嗎？」

那長老回過神來，狠下心道：「行，就聽公子所言。只是，事成之後，才能將材料費奉上。之前請公子見諒，並不是不信任公子。而是四百兩，實在不是個小數目，還要周轉周轉。」

切！又是老狐狸一隻，不過，我夜不語不怕。總之材料費也不用錢，只是苦了我的小青峰了，嘿嘿，這次上長安，可以舒舒服服地去了。

我暗自奸笑，臉上儼然一副波瀾不驚的高人形象，道：「也好。請帶我去陸依依姑娘那裡。」

那位名紳滿頭大汗地安撫著鎮上的人，看起來他算是頗有威望，很快地，那些舉著火把趕來燒人看熱鬧的鎮民，就安靜了下來，不過卻都沒有走，仍舊圍在陸依依的房子周圍。

哼，果然是老狐狸，看來是做好了萬全的打算，如果我驅鬼不成的話，他們就準備繼續上演大燒活人的好戲。

我們一行五個人，推門走進了這棟低矮破舊的房子，一進門，就有股涼風透入骨髓。好厲害的妖氣！

青峰皺了皺眉頭，暗自將我籠罩進了自己的氣場。

我悠閒地打量四周，很簡陋的屋子。

桃屋裡被分割成兩塊，沒什麼家具，左邊一塊擺著一張小桌子和兩把椅子，充作飯廳。右邊放著幾把不知已經用了多少年的客椅，很舊了，舊得早就應該扔進垃圾場。看來房子的主人，和房子本身呈現出的狀況一樣，貧困潦倒。

「這個陸依依平常在幹什麼工作……咦，你們是怎麼了？」我回過頭來問，卻發現後邊的趙澤三人滿臉煞白，像是承受著某種莫大的痛苦。

仔細一看，他們的皮膚上，居然結出了一層薄冰。

「抱歉，是我疏忽了！青峰。」我喚道。

青峰應了一聲，將幾張符紙貼到他們的衣服上，他們這才舒服地呻吟一聲，恢復了說話的能力。

「剛才是什麼，好險，我根本沒辦法動彈，差點就給凍死了！」那名紳喘著氣，一臉震驚。

趙澤看我的眼神，又多了幾分希望，他也喘著粗氣，突然又跪了下去。「夜公子，請你一定要救活依依，沒有她，我的人生就真的沒有任何意義。她死了，我也會死，我會死……」

「渾小子，你還敢說這種話！」他老爹瞪著他，剛想一把鼻涕一把淚地述說自己是怎麼含辛茹苦將他拉拔大的，順便狠狠地給這個不成器的兒子一枴杖。

我看這氣勢就頭痛，急忙打斷。「你們千萬不要離開我三尺距離，不然，會有生命危險。」話一出口，三人立刻瞬移到我身旁，差點沒把我給壓扁。

「混蛋，離遠點，滾！再遠一點，你們以為你們是美女啊。」我狠狠地揮動手中的扇子，用驅蒼蠅的手法將他們趕開。

青峰小心地拉了拉我的衣角，「老大，這股妖氣有點奇怪。」

「我發現了。」我暗暗點頭，「這種妖氣，陰森森的，應該是鬼。不過，有什麼鬼的妖氣那麼強烈？只是無意識地散發出來而已，居然會把人的血液都給凍結了。」

強迫青峰打頭陣，在我的指揮引導下，一行人走進了臥室。

這臥室裡只有一樣家具，就是張低矮的床。床上躺著一個人，她用厚厚的被子將自己裹起來，只露出了一撮烏黑柔順的頭髮。

這個陸依依，想來應該是個美女吧，不然，怎麼能讓那叫趙澤的富家公子，瘋狂無比地愛上她呢？

心裡隱約有一絲不安的感覺，自己似乎遺漏了某些重要的東西。

我皺眉，示意青峰過去將被子揭開。

就在這時，那女子開口了：「阿澤，是你嗎？阿澤，你終於來了。」

聲音柔美清亮，似乎神智還算清醒。

「依依，我來救妳了！」趙澤想撲過去，卻被他老爹一把拉住。

「你瘋了！」他老爹罵道，「這女人已經中邪了，萬一她吃了你，怎麼辦？」

「依依不會的！」趙澤喊著，「依依，妳還好嗎？我們請了驅鬼師，妳有救了！」

「不！沒有人能救我。」女子小聲抽泣起來，「你快點走吧。我不想你看到我這副樣子。」

「我不會走的，依依，妳忘了嗎？我們說好這輩子，下輩子，下下輩子都要在一起的。」

「我沒忘，只是，我已經沒有下輩子了！」

「依依，妳在說什麼？」趙澤掙脫開老爹的手，想跑過去，又被青峰從身後死死地抱住。

「放開！」他怒吼道。

我悠閒地緩緩打開扇子，慢吞吞地說：「如果一個人的靈魂被鬼吃掉了，這個人就再也無法輪迴。依依姑娘，看起來妳還有救。」

「真的？」女子的聲音顯然透露出一絲希望，「我真的還有救？」

「沒錯。」我篤定地回答。

「就算這樣，也還有救嗎？」女子聲音一變，猛地低沉陰森起來。

哀戚的語調，猶如從幽冥地府爬出來的鬼魅，重重地在人的心臟位置搥上一拳。名紳、趙澤和他老爹頓時臉色慘白，跌坐到地上。

「音魅！看來妳真的已經變鬼了。」我不動聲色地道，一旁的青峰暗自戒備，雙眼死死地瞪著床上的女子。

「再猜。」女子拉開被子，搖搖晃晃地從床上坐了起來。

烏黑的長髮蓋住了她的臉龐，看不清楚她的樣子，不過身材窈窕，白色的單薄衣裙，在昏暗的臥室中異常鮮豔，隱隱流露出一種魅惑。

她白皙修長的雙腳，離地有一尺遠，衣裙無風自動，詭異氣氛更加濃烈了。

「我究竟是什麼，難道很重要嗎？現在的我很美，你們要不要看？」女子幽幽地說道，抬起頭，無數的髮絲猛地揚起，露出了面龐。

只見她媚眼如絲，肥瘦剛好的瓜子臉上，血紅的嘴唇微微含笑。雪白的手緩緩地撫過自己的臉頰，放在了高聳的胸前。

所有人倒抽了一口氣，似乎被眼前絕美的女子吸引住全部心神。

「好美！」趙澤失魂落魄地喃喃道。

「確實有點姿色。」我點頭承認，不過，立刻察覺到了不對的地方。「臭小子，她不是你馬子嗎？你居然還這副沒用的樣子，難道以前她不是這副模樣？」

「以前的她也很美，只是今天的她特別美……好美。」趙澤絲毫沒有看我一眼，視線死死地凝固在那女子身上，一動也不動。

他老爹和那名紳的神智也沒好多少，表情隨著陸依依雙手的動作瞬息萬變，一時間三個人醜態百出，看得我嘖嘖稱奇。

一邊看稀奇，我一邊再次打量四周。我很清楚，自己之所以沒有受到影響，完全是因為留在青峰的氣場裡。那三個人身上貼著的化魔符，並沒有抵禦魅惑的效果，管他的，魅惑又殺不了人，先讓他們好自為之吧。

只是，這鬼東西究竟想幹什麼？一出來就魅惑，這種沒用的能力，和她本身散發出的強大妖氣完全不符合。

而且這妖氣，博學的我居然從來沒有見過，有問題！絕對有問題！

「青峰，結界！」我大吼一聲。

和我配合多年的青峰條件反射地右手一張，立刻便有淡淡的青色光芒，將我們五個人包裹起來。

說時遲那時快，就在那一剎那，她背後突然竄出了幾十個黑乎乎的虛影。那些虛影，彷彿掙扎哀號著的痛苦人頭，他們不斷地往結界上撞，發出「砰砰」的悶響。

「好險！」我拍著心口，只差那麼一丁點，我們幾個人就要掛掉了。

這鬼東西還真狡猾歹毒，用魅惑吸引所有人的注意力，然後支使魔頭，從後邊將人的魂魄抓出來！

「這究竟是什麼鬼玩意兒！」名紳等人這才回過神，驚魂未定地看著不斷被結界彈開的人頭。

那些人頭露出猙獰詭異的笑容，張大流血的嘴，血紅的雙眼瞪著近在咫尺，卻又始終無法碰到的人。

「如果我判斷得沒錯的話，依依姑娘應該是被欲色鬼附身了。」我依然悠閒地搧著扇子，淡然望著對面那個拿我沒轍的鬼東西。

「欲色鬼！那是什麼玩意兒？依依……依依真的被他吃掉了？」趙澤的聲音有些苦澀慌亂。

我見一時也沒危險，便解釋道：「這種鬼喜歡和好色之徒親近，讓人變得很淫蕩，而且，被他吃到淫汙之物時，不管男女，就會讓對方懷孕。

「懷胎十天，欲色鬼就能乘機投胎，變為人類，只是那樣的人，男的喜歡嫖妓，女的百分之九十九會變成妓女，以淫亂人道。

「看到那些人頭了沒有？」我指了指滿屋子飛舞的魔頭，繼續道：「那些東西，就是被欲色鬼害死的人變成的冤魂，由於無法投胎，只好被他奴役。如果欲色鬼不幸死掉了，又沒人為他們超渡的話，就會煙消雲散，魂飛魄毀，永世不得超生。」

青峰見我欲言又止，又扯著我的衣角道：「老大，這妖氣很奇怪，不像是欲色鬼。」

我悄然道：「我也這麼覺得。只是那女子確實是被欲色鬼附身了。但這股妖氣……頭痛，我根本就分辨不出來，你這活了幾千幾萬年的老妖怪，也不認識嗎？」

青峰搖頭，「我沒見過。姐姐可能知道，要我叫她出來嗎？」

「不用了。」我連忙擺手。

開玩笑，叫她出來，小小的、妖氣奇怪的欲色鬼，被她殺了不成問題，可是，這座小鎮八成就得陪葬，如果再不小心一點，恐怕還會搭上我自己。

況且，發現新的妖怪物種，是件非常有趣的事情，我怎麼會放過呢。

還沒等我開口，那欲色鬼已經先說話了：「你是什麼東西，居然能躲過我的魔嗜？」

「看我這風流倜儻的樣子，你還分辨不出我是誰嗎？」我擺出了一個最帥的表情，那鬼東西居然絲毫沒有看我，反而注視著青峰。

「你也是妖怪，為什麼幫人類？」

「你以為我想幫啊？」青峰苦笑，「沒看到我被契約束縛住了嗎？」

「怎麼可能！」欲色鬼像是難以置信，「你這麼強大的妖怪，居然會有人類能用契約束縛住。不過，你是什麼妖怪？」

「這句話，我原封不動還給你，你這東西，真的是欲色鬼嗎？」青峰的眼神一變，凌厲到猶如鋒利的刀般，刺向了欲色鬼，那鬼東西身體一顫，向後飄飛了幾尺。

「你很厲害。」鬼又看向我，「他就是你的主人？不過，似乎他沒有任何能力。喂，人類。你是術士？」

「我這麼帥，怎麼可能是術士？只是個普通的獵捕者罷了！」我嘴角露出笑容，眉頭卻皺了起來，表情十分複雜。

自己搜刮了腦子裡所有的資料，居然還是對眼前的欲色鬼，沒有任何印象。這玩意兒，像憑空冒出來似的，鬼怪歷史以及資料文獻上，絲毫沒有過任何記載。而且，這妖氣實在是太奇怪了，像是鬼，又像是妖魔，簡直是一個雜交動物。

「沒錯，你沒有絲毫靈力，果然很普通。」欲色鬼點頭。

「你倒是不普通，不但妖氣獨特。而且，我還是第一次看到，有鬼像你這麼愛說話的。」我將手抱在胸口，命令道：「青峰，用斷魔刃砍掉他的脖子。」

既然想不通，那乾脆解剖研究一下得了。

我夜不語的原則，一向都很簡潔明瞭。

第六章 魑魅魍魎

青峰一聲不吭地，瞬間在指間凝固出一把半尺長的虛影，青綠色的流光縈繞在手中，閉而不發。

光芒映照在房間裡，綠森森的光影到處都是，襯上欲色鬼身上的濃烈妖氣，四周更是變得氣氛詭異。

還沒等我聲音消失，青峰的身體已經不見了，下一刻便衝到欲色鬼身旁，右手一揮，虛影照著那鬼東西的脖子砍去。

欲色鬼猛地向後飛退，召來大量的魔頭當肉盾，那些魔頭一碰到虛影，就消失得無影無蹤，就連哀號一聲都來不及。

「你究竟是什麼妖怪！」欲色鬼臉色大變，「怎麼可能這麼變態，居然會用死靈術士的『魂散』！」

「這不是魂散，不過效果一樣。」我好心地在一旁充當解說員，「青峰，化影。」

青峰的身體立刻一分為二，脫出的分身瞬間移到欲色鬼身後，揮手就斬。

欲色鬼猛地一翻身，險險躲過，他張大鮮紅的嘴，吐出了一股紅色、濃厚黏稠的光芒。虛影一碰到，就被牢牢地黏住，暫時無法動彈。

趁著這一刻，欲色鬼飛快地再退，青峰的分身立刻閃到門邊，將出口堵住。

「嘻嘻，你以為我會逃嗎？」欲色鬼笑得十分嫵媚，不過，不男不女的中性聲音，以及十分雄性化的動作，讓他變得很像某些有著斷袖之癖的人妖，看得我想吐。

那鬼東西雙手放在胸口，衝我眨眨眼睛。「我美嗎？想不想看人家的身體？」

「不想。」我毫不猶豫，死人妖，自己這種正常的男人絕對沒興趣。

可是，明顯已經被魅惑住的名紳等人，卻也是毫不猶豫，不假思索地點頭直呼：「好想！好想！」

我立刻抱著「毫末不札，將尋斧柯」的哲學思想，狠狠地一人賜予了一腳。

「青峰，再用化影給我速戰速決。你小子想不想吃飯？解決這種小妖怪，都花了那麼多時間！」我瞪了正在化解紅色光芒的青峰一眼。

那傢伙猛地打了個冷顫，身影又變，從兩個分裂成四個，又從四個變成八個。

八個青峰揮舞著八把斷魔刃虛影，剎那間就將充斥在房屋中的魔頭砍得乾乾淨淨，緊接著一起朝欲色鬼衝去。

那東西並沒有惶恐不安的跡象，四周的妖氣更加濃烈了，像是變成了實質一般，凝固在他周圍，斷魔刃打在離他一尺的地方，居然再也刺不下去。

「青峰，結盾，退。」我見氣氛壓抑得令人喘不過氣，反應也不慢，立刻命令道。

凝固壓縮到一起的妖氣猛然爆裂開，帶著強大的衝擊力，將青峰的分身碾得粉碎。

結了盾的青峰實體，被死死地壓在牆壁上。

「不錯，你真的很強！」欲色鬼望著青峰，笑得十分諷刺。「不過，被契約束縛的妖怪，就算再強也沒用，你們有個最大的弱點……」

那鬼東西看著掙扎的青峰，右手暗自凝固出一顆白色球體，以迅雷不及掩耳的速度，往我的方向扔過來，猶自猙獰地笑道：「你最大的弱點，就是你有主人，只要主人一死，你就完蛋了！」

我眼看著那顆蘊藏巨大能量的白色球體，呼嘯著向自己飛來，不慌不忙，依然悠閒地搧著扇子。

那球體在飛到了距離我頭頂三尺時，唐突地停住不動了，光球與一層青色的光芒碰撞，發出「哧哧」的刺耳響聲。

「你似乎忘了，我還站在結界裡。」我指了指頭頂。

那鬼物嘴角的笑意並沒有消失，看著我的眼神，彷彿已經到手的獵物。隱隱中，有種強烈的不安感覺，從大腦深處浮了起來。

「你笑什麼？」我盯著那個妖氣奇怪，而且話特別多的欲色鬼。

「笑你。」他瞪著我，絕美的大眼睛中，流露出讓人血液凍結的陰寒氣息。「你就快要死了。」

「哈哈，笑話。」我大笑，「我就站在結界裡不出來，你能拿我怎麼樣，咬我啊？」

向左邊看了一眼，只見青峰已經擺脫了那股衝擊力的壓迫，雙腳站到了地上。

「咬你，人家還真有點想。」欲色鬼嬌滴滴地伸出柔嫩的舌頭輕舔嘴唇，「不過，既然你知道人家是欲色鬼，那就應該知道人家與生俱來的能力。」

「你與生俱來的能力？不就是魅惑嗎？抱歉，這對我沒什麼用處。」我愣了愣，雖然知道他的話多，不過，為什麼現在還在沒話找話？沒見到自己的可愛小青峰乖乖，已經能自由行動了嗎？

只需要很短的時間，斷魔刃就能割開他的喉嚨。不對，肯定還有什麼自己沒有預料到的地方。

究竟是什麼呢？這鬼東西實在聞所未聞，一般的欲色鬼除了魅惑外，就是附身。不過自己在結界裡，這一招也沒用處。

他究竟還有什麼招數？為什麼心裡會這麼不安？

我承認，這妖物不僅妖氣古怪龐大，而且，所用的妖法也十分罕見，就比如剛才的氣爆和縮影電雷，應該是風妖和雷妖才具有的能力。

心中不安的感覺更加濃烈了，欲色鬼，好像真的還有一個能力。不過，那種能力也能算嗎？

大腦剎那間分析了許多種可能，突然，我臉色一變，大喊了一聲：「離開趙澤！」

話音剛落，結界裡的人還沒反應過來，剛剛被嚇得癱坐在地上的趙澤，已經飛快地縱身躍起，手臂掐住了我的脖子。

「抱歉，夜公子，我的身體……身體控制不了。」他臉色蒼白，冷汗從額頭上流下來，惶恐到不知所措。「我究竟是怎麼了！」

「你和陸依依在最近十天裡，是不是那個過了？」我努力保持著臉上的笑容。沒想到，自己這個聰明絕頂的人，也有陰溝裡翻船的時候。

趙澤羞愧得想低下頭，輕聲道：「是。」

「不孝子，你居然會和那女人做這種苟且之事！氣死我了！真是氣死我了！」他老爹氣不打一處來，要不是看到兒子的狀態，早就一枴杖打了過去。

不過就算如此，他也是咳嗽連連，撫摸著胸口喘息道：「你要我以後，還怎麼有臉去見鎮裡的父老！怎麼去見趙家的列祖列宗！」

「爹，我是不孝，但我做人不會像你這麼虛偽。」趙澤也豁出去了，大聲道：「明明不想的，還要顧慮面子，顧慮自己是什麼名門大戶。

「這些虛榮名號，根本就沒任何用處，但你硬是立下了各種規矩，不但約束自己，還把別人死死地束縛住。為的就是拚命保住你的面子，你名門大戶的地位。我討厭。我就是喜歡依依，就算和她私奔，我都要和她永遠在一起！」

「造反了，你，你這渾小子——」他老爹咳嗽得更厲害了。

「那個要罵老子的，還是要教育兒子的，能不能出去後再討論？」我打斷了他們，眼珠向下，瞟著脖子上的那雙手。「如果現在的問題不能解決的話，恐怕我們就連命都會丟了！」

那名紳還算冷靜，強壓下恐懼感，問道：「小澤究竟是怎麼了？」

「剛才我不是解釋過了嗎？」我繼續盯著那雙失控的手，紈褲子弟的手果然不同一般，保養得很好。「如果和被欲色鬼附身的人做了那事，而且，被他吃到淫汙之物的話，不管男女，都會讓對方懷孕，懷胎十天，欲色鬼就能乘機投胎。

「還有一點，他能隨意控制懷了魔胎的男女……」

「等等，你的意思是，我懷孕了？」趙澤一臉痴呆樣，「怎麼可能，我哪裡像懷孕了！我的肚子，我的肚子一點都沒大。」

我頓時哭笑不得，「如果魔胎那麼容易被發現，欲色鬼還想投胎轉生個屁！女人還好說，如果男人挺著個大肚子走出去，不會引人矚目才怪。有幾個人會認為你是腹積水的？白痴，就算沒腦子的人用膝蓋想想，也知道你是中邪了！」

「那我怎麼辦？」他唯一能夠控制的頭部，似乎也被這一打擊給弄秀逗了。

這邊我們四人，陷入了各有想法的思考狀態，而那邊的青峰和欲色鬼，也處於相對靜止狀態。青峰右手的斷魔刃，離魔物的喉嚨，只有半指的距離。

「還不放開。」欲色鬼陰陽怪氣地說，趙澤放在我喉嚨上的手，立刻加了點力氣。

青峰氣悶得收回斷魔刃，妖物揮手一拳，將他打得又貼到了牆壁上。他趴在地上，臉色變得蒼白，漸漸全身都顫抖了起來。

我一看這狀況就急了，慌忙道：「青峰，千萬不要讓雪縈出來。」

「我忍不住。姐姐瘋了一般地在裡邊撞結界，就快要出來了！」青峰滿臉痛苦。

「契約封印，給我石化！」我唸動咒語，只見青峰剎那間就變成了一個石雕，順著他腳部接觸地面的位置，石化的術法飛快地延展開。

不過幾息的時間，除了慌忙飄浮到空中的欲色鬼，以及被結界包圍的我們，所有的東西，都變成了石頭製品。

呼，可以暫時拖延一段時間了，再來，就是解決眼前這不長眼的傢伙了！

「你想幹什麼！哼，給我去死！」險些被陰到的欲色鬼惱羞成怒，吼道。

趙澤驚恐地看到自己手上的皮膚變得堅硬犀利，猶如一把鋒利的刀般割向我的喉嚨。

「哼，雕蟲小技。」我喝了一聲，暗自捏出一個手印。「契約封印，替身！」鋒利的手刀割在了我的喉嚨上，卻沒有如預料中割下我的腦袋，出現血肉橫飛的情景。

只聽見一聲刺耳的碰撞聲，趙澤的手被彈開了。而另一邊，石化了的青峰雕像上，喉嚨的位置裂開一道深深的傷口，受到巨大的撞擊，整個頭顱都飛了出去。

「替身」是生死契約中的一種法術，可以將所有的傷害，全部轉移到自己僕人的身上。

我不動聲色地笑著，將趙澤一腳踢開。「小鬼，雖然我確實沒有任何特異能力，不過，我有個還勉強算不錯的妖怪僕人。只要你殺不死他，我就是無敵的。」

欲色鬼目瞪口呆地望著我，看來眼前的狀況，完全超出了他的理解範圍之外。

好一會兒他才回過神，猙獰地嘶吼道：「我不管你是怎麼做到的，只要不斷攻擊你，那妖怪總會死掉！」

說話間，被我踢到地上的趙澤已經跳了起來，身體輕盈得不像個人。嗯，其實，事實上他已經不算是人了！

「不見棺材不掉淚。」我又哼了一聲，雙手抬到與胸口齊高的地方，快速地捏著手印。「契約封印，借魂。」

手隨意地運力，一股白到刺眼的光芒已經縈繞在手中。

回手一揮，依靠快速身法躲過的趙澤，僅僅被光芒擦到，便整個人都飛了出去，將石化的堅硬牆壁洞穿，跌進了桃屋裡。

欲色鬼滿臉震驚，全身都嚇得顫抖起來，結結巴巴地道：「你……不可能！我明明感覺到你沒有任何法力，怎麼可能用『雪融』？這是道行超過萬年的大妖魔才擁有的能力！你不是人類，你究竟是什麼東西！」

「我確實是個非常正常普通的年輕帥哥，這點毋庸置疑。」我像在觀察藝術品一般地看著手上雪白的光芒，這些由無數光粒子組成的玩意兒，擁有無法想像的威力。

每一次看到，我都會為造物主的神奇感嘆一番，真的是太美了。

「剛才我就已經說過了，我有個還勉強算不錯的妖怪僕人。只要他在距離我不太遠的範圍，只要你殺不死他，我就是無敵的。

「這種無敵狀態很絕對，我不但可以免受任何傷害，而且，還能用契約法術『借魂』，借用他兩成的能力。」

「只有兩成，就能用這麼強大的法術？！」欲色鬼驚魂失魄地望著我手上的雪融，滿臉絕望。

「事實上，我只稍微用了那兩成中的四成罷了。」我十分謙虛，衝他眨了眨眼睛。「那麼，該說的不該說的，都已經說了，我也研究得差不多了。你安息吧。」

手上的白光霎時湧向了他，將他吞噬、碾碎，無聲無息。白光過後，屋子裡瀰漫的大量妖氣再也了無痕跡，四周頓時清爽了很多。

把青峰的頭安上，將他從石化狀態解放出來，那傢伙長長地吁了一口氣，嘆道：「好爽！石化了不能呼吸，實在氣悶。」

看了一眼倒在床上的陸依依，還有昏迷在地上的趙澤等人，他動了動脖子。「老大，那個欲色鬼到底是什麼東西？小鬼怎麼會變得那麼厲害。」

我思忖了一番，將剛剛觀察到的東西在大腦裡組合，這才道：「魑魅魍魎，你知道是什麼吧？」

「當然知道，雖然我被封印起來，不過，腦袋還沒老到痴呆的地步。」對於我這個沒頭腦的白痴問題，青峰稍微地表示著自己的不滿。

「根據你們人類的說法，魑魅是指住在山林裡能害人的妖怪，而魍魎則是傳說中的怪物。當魑魅魍魎這四個字組在一起的時候，就代表著很多的妖魔鬼怪集在一起，混合成一個整體的意思。」

說到這裡，他的聲音一頓，臉上稍微流露出一絲吃驚。「你的意思是，這是個混合妖怪！」

「沒錯，如果我沒弄錯的話，他應該是由風妖、雷妖和欲色鬼三種妖怪組成。」我分析道，「只不過欲色鬼處在主導位置。所以，我們會覺得他的妖氣很古怪，像鬼又像是妖怪！」

「老大，不可能！『魑魅魍魎』之所以能混合在一起，是因為他們的妖力都很小。可是，風妖、雷妖和欲色鬼這三種東西，雖然不算什麼厲害的妖怪，但是，他們之間的妖力互相排斥，究竟是用了什麼方法才能混合？」

「這個我也想知道。」我用手撓了撓鼻子，「有趣。剛剛我還發現了一個更有趣的東西。」

「是什麼？」青峰被我的神秘口吻引起了興趣。

「那個妖怪有主人！」我悄聲道。

「有主人？」他驚訝得喊出了聲，絲毫沒有作為大魔神的尊嚴。「怎麼可能，我怎麼感覺不到，他有被契約束縛的跡象？」

我嘿嘿笑道：「他的主人也是個妖怪。」

「這更加不可能了！」青峰的臉上流露出難以置信這種表情，「只有人類，才能和妖魔鬼怪訂立契約。」

我沒有再做多餘的解釋，突然想到了什麼，大叫道：「不好！」

還在苦苦思索的青峰，立刻回頭看我。

只見我滿臉懊悔，「剛才來的時候，看到陸依依的房子，我就覺得奇怪。」

「有什麼奇怪的？」

「那個客棧掌櫃，你不覺得他有古怪的地方？」

「他是個普通人類，我能感覺到。」

「不是說這個。」我踢了他一腳，「既然他能夠花一百兩銀子，讓我們來救他的小侄女，也就意味著他對這個侄女很疼愛。

「既然這麼疼愛她，為什麼會讓她住在這麼破舊的地方？而且這裡明顯只有一個人住。哼，我們恐怕是中了別人的調虎離山計了。」

青峰一愣，「會不會是那個妖怪的主人？」

「不會，你剛才不是也才說過，那個掌櫃是個普通人類嗎？他身上也沒有沾染過妖氣的跡象。」我思忖著，「也不像是風曉月那瘋婆子，她一向很清楚，我貴重物品都是隨身帶的。用這種小手段，只會白白便宜我五十兩銀子罷了。」

不知為何，最近老是有一種不安的感覺，自己似乎正陷入一個極大的危險中。

用力搖搖頭，我將全部煩惱拋開。

管他的，反正留在客棧裡的行李，也沒什麼值錢的東西。手輕輕摸著懷裡千年百足上藹結成的敗毒珠，眼中的銅錢光澤猛地濃烈起來。

西方，京城長安，一百萬兩花花銀子，我夜不語就要來了！

第七章 鎮國府

渭河，全長八百一十八公里，發源於甘肅省渭源縣西南的鳥鼠山，向東注入黃河，它的下游就是肥沃的關中盆地。

渭河河畔便是京都長安，這個世界上最繁華的國際性大城市，雖然因為政治的敗落而冷清了少許，不過，街道上依然有熙熙攘攘的人群來往著。

這個都市沿用隋大興城的舊制，不斷修建，百千年來，變得更加宏偉壯麗。全城南、北中軸線兩側東、西對稱，棋盤式的街道寬暢筆直。全城街道兩旁都有排水溝，並栽種槐榆，大道筆直，綠樹成蔭，市容十分壯觀。

有個帥氣到不像話的男子，揹著另一個帥氣到會挨打（自稱）的白衣公子，一步一步艱辛地穿過西門，來到了京城繁華的商業區，這一壯觀景象比尖鼻子的波斯人更受矚目。

青峰這妖怪紅著臉，小聲咕噥道：「丟臉死了！」

「就是，實在太丟臉了！」我點頭附和。

「老大，你還好意思說。」他回頭狠狠地瞪了我一眼，「要不是你非要在臨走時，去『肥羊來』賭莊，賭上一把美其名曰『回本』的作戰行動，我們根本就不用這麼丟臉。」

「你這人怎麼這樣！我不是好心好意地希望你鍛鍊好身體嗎？看看你自己，瘦得跟猴子似的，你主人我會心痛。被人看到了，誰還以為是我故意虐待小動物。」我訕笑。

「你根本就是故意虐待我。」青峰氣不打一處來，「老大你倒好，豪氣地將五百兩銀子輸得一乾二淨。為了節省車馬費，兩千多里路，居然讓我揹著你走過來。還好我是妖怪，要是人類，就算你們的老祖宗黃帝，也會被你累得嗝屁。你當自己很輕啊！」

「嘿嘿，我的乖青峰，大不了，等一下我買糖糖給你吃。」我繼續訕笑。

「我不是三歲的小孩子。」

「不要那麼小氣嘛。喏，你看看那邊。有兩座塔，對吧？」既然下三濫的招數沒用，我急忙轉移他的注意力。

「一座是樓閣式的青磚塔，造型莊嚴古樸。而另一座塔身，是採用密簷式的方形磚瓦結構，樣子看起來非常秀麗玲瓏，那就是舉世聞名的大雁塔和小雁塔。據說，裡邊封印了許多的妖魔鬼怪。

「還有，那邊是大慈恩寺。」我用手隨意指了一個方向，「大慈恩寺是唐貞觀二十二年，太子李治為了追念他的母親文德皇后而建的，是長安最著名最宏偉最壯麗的佛寺。據說，向著那個方向誠心禱告，願望大多會實現。」

這一句話看來很有效，青峰立刻雙手合攏，做出一個莫名其妙的姿勢，虔誠地道：「盤古、夸父、神話時代的列祖列宗，保佑我的主人早點嗝屁吧，我就快受不了了！」

我氣得一腳踢在他屁股上，「混蛋，這是佛寺，你拜盤古幹嘛。還有，你這混蛋居然敢詛咒我，小心我讓你現世報！」

「佛祖算什麼，我可比那個你佛如來，多活了好幾萬年。」青峰撇了撇嘴，「老大，你信這一套嗎？」

「當然不信。」我吸了一口街道上帶著梧桐味道的溫暖空氣，「什麼極樂世界、天堂、地獄，根本就是不存在的東西。就算是所謂的輪迴，也不過是人類對自己的束縛罷了。」

兩人之間，陷入了一種微妙的沉默中。

長安的宮城居全城北部正中，為宮殿區。其南是皇城，為中央衙署所在地。外郭城從東、西、南三面拱衛皇城與宮城，是平民與官僚的住宅區和商業區。我們慢慢地繞過去，走進了外郭城中，高官富商所在的高尚住宅區域。

不久，便有座高大華貴的宅邸出現在眼前，目的地，到了。

「我們的一百萬兩花花銀子，就在那裡。」我指了指，「知道那是什麼地方嗎？」

青峰搖頭。

「那是現在的鎮國大將軍蔡元秦的住宅。他是安祿山的拜把兄弟，很有力的爪牙之一。」我悠然道，「不過，蔡家一代不如一代，他的祖先蔡如風，可是個十分有名的人物。喂，要不要聽一個故事？」

「不要。」

「那我就勉為其難地講一講好了。」雖然詢問了青峰的意見，但是，我明顯沒有將他的意見列入考慮的範圍，自顧自地回憶起來。

※　※　※

賭場，卻不是一般的賭場。傳說中，自從人類開始有歷史以後，這個賭場就已經存在了。沒人知道它的來歷，只是偶爾有些知識淵博的智者，會認為它是上古流傳下來的遺物。

當然，究竟是不是如此，事實自然早已不能考究了，不過這個賭場，會給人贏得財富和榮譽，卻是實實在在的。

賭場建在很深的地底，一共有九十層。每一層，都有一個妖豔的美女妖魔衝你笑著，用眼睛瞅著你，給你出一道你絕對意想不到的難題。

據說，當你走出第九十層時，最後的、也是最美麗的小妖女，會送給你五百萬兩金子，和一件價值連城的絕世奇兵，以及一個令人銷魂的熱吻。

幾千年來，不斷有自信的熱血青年，以及妖魔鬼怪去挑戰這個賭場，可惜能夠全身而退的，少之又少，更別說能夠成功地從第九十層的神州門安然走出的人了。

那些實力和運氣都幾近怪物的少數者，幾乎每一個都成了能夠影響當時局勢的大人物。

很久以前，某個從賭場退出來的生還者，用他的經歷，寫了一本《賭場完全攻略白皮書》，他在書的開篇吶喊道：賭場是個神奇的地方，它給人希望，讓人失望。但是更多的，卻是讓人絕望和死亡……

死亡？沒錯，賭場的第八十八層，就是這樣的地方！

今天的死靈間，闖入了一名不速之客。

他是個男人，看起來約莫二十五歲左右，清秀的臉龐帶著若有若無的笑容。但那種笑容自信卻不盲目，讓人第一眼，就會對他產生莫大的興趣和好感。

「這裡是死靈間。」可愛的雌性妖魔悠閒地用銼刀磨著指甲。

她十分明白自己守著的房間，是九十個房間中，唯一一個至今沒有任何人敢光顧的。因為過關的難題，實在太難，太過於苛刻變態。

每個不幸傳入這個房間的人類或妖魔，當聽到自己說出的要求時，大多會恐懼地倒在地上。而定力好點的，也會長嘆一口氣，轉身頭也不回地離開，當然，她相信這個人也會。

「這個房間裡，有三十隻死靈皇，你要在他們的攻擊下活上三天。當然，如果你不幸挑戰失敗了，結局就只有死亡。」小妖女慢慢地說道。

「只要三天就可以了嗎？」那男人淡淡地問。

「是的，所以，你還是像個聰明人那樣，乖乖地退出好了。」小妖女頭也不抬地說。

「那麼，請把我傳送進去。」

「什麼？」小妖女震驚得停止了手上的動作，她望著這個腦袋似乎秀逗了的男人，絲毫沒有淑女風範地衝他嚷道：「你沒有聽清楚我在說什麼嗎？還是你根本就不知道死靈皇有多可怕？」

「我知道。」聲音依然那麼平靜無波。

他當然知道了，就連白痴都知道死靈皇是強大的魔鬼，是被死靈眾奉為神明而被追隨的魔鬼。

據說，每重生一個死靈皇，需要用一萬隻死靈眾作為供品，所以在傳說中，死靈皇聚集著一萬隻死靈的實力。

雖然這有一些誇張了，而且，被囚禁在這裡的死靈皇，也被剝奪了智慧，但他們的破壞力，卻依然存在。

如果這三十隻死靈皇，逃到外界去的話，毫不客氣地說，可以抵得上人類數萬以上的軍隊。而這個男人，竟然想向這個房間挑戰！他瘋了？

「你根本就不明白！這麼跟你說吧，能從裡邊活著出來的是神仙。你是神仙嗎？」

不知為什麼，小妖女突然變得暴躁起來。

「不是。」男人的喉嚨裡發出的，還是這種平靜的聲音，卻有一種斬不斷的執著。

「那你為什麼不退出去？」

「我想進去。」回答的語氣，是那麼理所當然。

小妖女惱怒地叫起來：「好吧，你這個固執的傢伙。翹辮子了，可不要變成遊魂野鬼到處嚇人。」她輕輕揮動手臂，一陣柔和的光芒便包圍了這個男人。

轉眼間，這個男人消失在了濃烈的光柱中。

時間就這樣，在寂靜的賭場中流逝過去。

都五天了，他不可能還活著吧……小妖女盤算著，內心微微有一絲落寞。

說實話，她挺喜歡這個男人的，那種勇氣、那種自信還有那種笑容，無一處不讓少女瘋狂。但就是這樣的男人，他卻這麼愚蠢的到死靈間尋死，真是太可惜了！

就在她感嘆時，突然，她感到一種能量的流動劃過腦海，那是一個資訊，一個自己幾乎要遺忘掉的資訊。

「不！不可能！」小妖女驚訝得叫起來。

這種資訊，只在遙遠的太古，自己的主人曾告訴過自己一次。他說，當這個資訊出現時，不但代表著三十隻死靈皇的死亡，更代表了一個偉人或者惡魔的誕生！

「你叫什麼名字？」強壓住內心思緒萬千的震驚，小妖女對漸漸出現在自己眼前的男人問道。

「蔡如風。」這個男人用嘴咬住繃帶，包紮在自己體無完膚的身體上，模糊不清地說。

「蔡如風！」小妖女沒來由地激動起來。這個實力最接近神的男人，將會在這個古老又疲倦的世界上，掀起什麼樣的風浪呢？哈，真是有些期待了。

※　※　※

唐武德九年，九月。

東突厥私自撕毀與唐朝在年前秘密簽訂的《邊界協議》，暗自集結重兵，傾全國之力跨過邊境，與唐軍會戰於陰山。大唐慌亂調來的軍隊大敗，歷史上稱此事件為東突厥危機。

會戰後，東突厥軍如入無人之境，半個月，便攻佔了大唐整個北方的領土。

就在東突厥軍氣勢洶洶地將陣線縮短，準備穿過渭水，對南方的首都長安城進行閃電掠奪戰時，一個白衣如雪的男子帶著若有若無的笑容，將十多萬東突厥軍堵在了山道上。

他成功地牽制了東突厥軍三天三夜，直到唐太宗李世民命令唐軍擺開陣勢，親自帶了房玄齡等六名將領，騎馬到渭水邊的便橋，指名要頡利出來，隔河對話。

在他的周旋下，最終令大唐與頡利可汗結便橋之盟，爾後突厥退兵。

如果有人偶然翻到歷史的這一頁時，大多會發現這樣一個有趣的事實。東突厥軍在渭水戰役後，國力從此一蹶不振。那次戰役的所有高級統領，在不久後，無一例外地全部辭了軍職。東突厥大汗的堂兄突利甚至聽到，有個將領在辭職時，只說了這麼一段話：

「我不想指揮任何與大唐有關的戰爭，因為會遇到那個可怕的男人！他是個殺不死的怪物，如果要用一個詞來形容他，我只能說他是魔鬼，一個總是帶著笑的魔鬼……」

蔡如風！這個總是帶著無所謂笑容的男人，在這次戰役後，成為了眾所周知的英雄。

也就是在這一天，他有了一個綽號——血神。

※　※　※

「現在那個蔡如風還活著嗎？」本來還不想聽的青峰，居然意猶未盡地問道。

「你不是剛剛還死活想堵住耳朵嗎？」我瞪他。

青峰乾笑了幾聲，「生死賭場我聽說過，也去過。只是很好奇那個能從死靈間出來的怪胎罷了。

「就我所知，以人類的能力，根本不可能和三十隻失去理智的死靈皇相處三天三夜，還相安無事，沒有被吃掉。況且，他居然花了五天時間，把那三十隻死靈皇殺了！這對於力量單純的人類，他實在有點強得變態。」

「放心，那怪胎早死翹翹了。唐太宗李世民死前，指明要他陪葬，說是自己在地下，也需要個忠心耿耿的護衛，幫他開拓疆域。不過誰都知道，他是怕自己的鎮國將軍實力過於強橫，會威脅到後代子孫。」

我微微一笑，「所謂皇帝，自古以來都是如此。只是不知道今上嗝屁的時候，會不會拉楊貴妃和安祿山去陪葬？」

不過仔細想想，蔡如風陪葬後，他的子孫倒是順風順水，個個都當上了鎮國大將軍，變成世襲職位。實在有夠狡猾，只是不知道，這是不是當時他與梟雄皇帝談妥的條件之一。

突然發現，自己已經在鎮國府前，不知不覺站了很久，早引起守衛的注意。

我撓了撓腦袋，才走上前去，說道：「這位小哥，請幫我傳個口信給你家主人。」

護衛眼睛一瞪，一副狗眼看人低的樣子。「你有帶帖子嗎？」

「沒有。不過，我有比帖子更有用的東西。」我悠然道，「告訴你家主人，有人帶著敗毒珠來了。」

※　※　※

夜，沉重的夜色籠罩在天際，鎮國府的客房區靜悄悄的，絲毫沒有一座作為名門望族府邸該有的氣氛。

我和青峰坐在桌子前，靜靜望著對方。

「準備好了嗎？」我問。

「已經好了。」青峰簡短地答。

「那我們開始。」我用力捏出手印，「契約封印，借魂。」

頓時，在我周圍五尺的地方，都充滿了驚天的妖氣。那些妖氣似乎無法有效地被控制一般，流竄在空氣裡，到處都是，甚至有許多在揮手中，就自己蒸發了。

如果此時，有稍微懂得一些法術的人看到，一定會大吃一驚，然後破口大罵。他會驚訝人間什麼時候，冒出了一個擁有如此恐怖妖氣的人類。

不過，恐怕他還會將我罵得狗血淋頭，擁有這麼強大妖力的人類，居然完全不會控制妖氣，任它們平白地消逝在空氣裡，實在是太浪費了！

不過，我稍後做的事情，恐怕更會讓看到的人吐血。

「青峰，磨墨。」我提起袖子，拿出了筆和硯台，倒進一定量的朱砂。

青峰苦著臉，一邊摻水，一邊磨著朱砂，小聲咕噥道：「我可是三界都名聞遐邇的大魔神，居然會淪落到給人磨墨的地步，而且還沒辦法反抗，可恨！」

「你小子在嘀咕什麼？」我抬頭瞪了他一眼。

青峰條件反射地身體一顫，埋頭苦磨起來。

自己並不是個有閒情逸致的文人，當然不會寫什麼書法文字，我要畫的是符咒，也就是俗稱的鬼畫符。

本人作為很有前（錢）途以及實力的妖怪專家和法術專家，自然懂得所有「術」的畫法。但很可惜的是，畫任何「術」，都需要有充足的法力，符咒才會有應有的效果。

這一點，我一直沒辦法做到，畢竟，我這很有錢途的專家並沒有任何法力。直到我收服了青峰這個僕人，和他立下生死契約，這才解決了這困擾自己一生的問題。

我透過「借魂」，借用他的妖力，然後再使用一種特殊的方法，將這些妖力煉化為法力，一鼓作氣，將「術」畫出來。

畢竟自己很清楚，不論僕人有多強橫，就算能借取妖氣，那些終究也不是自己的東西。

所以這些畫好的符咒，可以當成自己的最後一道防線，是我保命的資本，也是我居家旅行，出門必備的東西，多多益善，有備無患，老少咸宜，童叟無欺……

辛苦地緩緩將妖力轉化為法力，緩慢地在黃紙上，畫寫自己都不怎麼懂的圖案，心裡嘀咕著，難怪這些東西會被人叫鬼畫符，樣子實在太不堪了！

「老大，這次的老闆怎麼那麼好說話，還招待我們住這麼豪華的房間？」青峰看了看四周，突然問。

「你知道什麼叫人質嗎？」我頭也不抬，「我們就是。沒看到下午的時候，蔡元秦笑得跟狐狸似的，擺明一副如果女兒醫不好，陪葬的人你們也算兩個的樣子。」

「陪葬？就憑那些手無縛雞之力的人類？」他啞然失笑起來。

「這可說不一定，天下能人異士數不勝數，說不定還真有比我聰明，比你厲害的。」我悠然地又畫好一張。

青峰有些吃驚，「老大，你居然會這麼謙虛。」

「一般一般，世界第三。」我笑，瞇起眼睛伸了個懶腰。「這個鎮國府還真大。」

「不光是大，而且，我老是覺得不太對勁。」

青峰學我的樣子皺眉頭，看得我哈哈大笑起來。「青峰啊，看來你跟我混了一段時間，越來越聰明了！」

我頓了頓，猛地止住笑意，神色嚴肅起來。「總之你也要小心。雖然我們都沒感覺到妖氣，不過這個鎮國府，絕對不簡單。」

話音剛落，青峰的臉微微抖了一下。「老大，有人過來了。他們正在圍住這個屋子，要不要我去打發走？」

「不用。」我將畫好的符紙揣入懷裡，「應該是蔡元秦那隻老狐狸來了。」

來的果然是蔡元秦，他帶著一堆護衛進門，客套話也沒說一句，就對身旁的人吼道：「給我拿下！」

他的護衛立刻像虎狼一般，向我們撲了過來。

「慢！」我冷靜地止住正要動手的青峰，「啪」的一聲搖開扇子，問：「請問鎮國大將軍，究竟我們犯了什麼王法，為什麼好心好意送上敗毒珠，居然還落得個這種下場？」

蔡元秦冷哼一聲，「老夫縱橫官場戰場幾十年，從來沒有人敢騙我。你們膽子不小！」

我「哦」了一聲，慢吞吞地道：「您的意思是，我交給大將軍的敗毒珠，是假的？」

「沒錯！」他看著我的眼神，就像自己真的是個十惡不赦的騙子。

「你有什麼證據？」我依然不慌不忙。

「還需要證據？小女的病情，絲毫沒有任何起色。」蔡元秦怒吼道。

我皺了皺眉頭，「請大將軍明鑑，那確實是貨真價實的敗毒珠，但只能驅毒，是不是將軍用的方法不對？」

「不可能。老夫按照御醫的方法，將那顆所謂的敗毒珠碾碎，配著千年雪蓮熬成一碗濃湯，給小女餵了下去。」

我和青峰對視一眼。靠！有錢人果然不同凡響，實在是太浪費了！

這種方法雖然不算正確，但是確實很有效，其實，非但是有效，甚至可以說，那女子從此應該百毒不侵才對。可是，為什麼會沒有起色呢？難道並不是中了毒？

我思忖了一下，頷首道：「雖然不知道問題的關鍵，但貴千金真的是中毒？」

「御醫還有許多大夫，都判斷是中毒。」

我又皺眉頭，「那就奇怪了，大將軍，能不能讓我看看貴千金？」

「行。不過老夫警告你們，如果我女兒死了，你們也別想活。」蔡元秦示意身旁的護衛盯緊我們，然後大步邁了出去。

我笑容可掬地暗自道：「我們要不要活，這點倒是不需要你這個老不死操心了。」

第八章 屍毒

金絲懸脈，據說是那些高明的大夫，用一根金絲繫在患者手腕上，隔著很遠的距離，僅僅依靠金絲良好的導性，感覺傳導過來的脈搏震動，來判斷患者究竟哪裡出了問題。

在這個對女子嚴苛的時代裡，豪門大戶通常都會用這種方法，來為自己的夫人以及未出嫁的女兒看病。

我不算高明的大夫，醫術甚至連庸醫都比不上，自然也不會用什麼金絲懸脈。

在自己的三寸不爛之舌，以及蔡元秦對自己女兒的擔心下，總算在一堆不太友好的視線裡，走進中毒的那女孩的閨房，看到了她的廬山真面目。

蔡元秦只有一個女兒，叫做蔡憶溪，據說，是為了懷念自己難產死掉的亡妻。

由於是老來得女，而且，也不知道是不是造的孽實在太多，雖然妻妾成群，膝下也唯有這麼個女兒，所以分外疼愛，就像俗話說的，捧在手裡怕摔了，含在嘴裡怕化了。

這次女兒外出遊玩，居然中了怪毒，他大怒之下，將護衛以及他們的家人殺了個乾淨。

站在這個華貴到不像話的房間裡，我真切地感覺到，蔡元秦對女兒究竟有多寵愛了。

這閨房，足足比自己剛剛住的客房大了幾倍，可笑自己住進去的時候，還感嘆有錢人就是不一樣，客房都比一般的人家整個屋子都大。

蔡憶溪靜靜躺在漫溢清香的床上，烏黑的髮散落枕頭四周，看來應該每天都有人梳理。

她看起來正當二八年華，長得很美，美到讓人覺得是藝術品。

精雕細琢的白皙臉孔上，配著略微蒼白的嘴唇，嘴型標準，鼻子小巧但又筆挺，大大的眼簾緊閉著，修長睫毛一動也不動，看起來像是睡著了，又像是死去了。如果不是胸口隔著被子，還能看見輕微起伏的話，真的會讓人以為，是一個巧奪天工的雕像。

我裝模作樣地示意侍女，將她的手從被子裡拉出來，然後輕輕搭在她的脈門上。嘻嘻，皮膚細膩柔滑，很溫暖，觸感絕對比風曉月那個老女人棒多了！

「小女究竟怎麼樣？」蔡元秦看我閉上眼睛，若有所思的樣子，在一旁緊張地問。

「請借一步說話。」我戀戀不捨地收回手。

難得有機會佔這種大小姐的便宜，何況今上還有意收她為義女，以後說不定就是公主！

這麼高貴的身分，是我們這些平頭老百姓，一輩子都別想的。哈哈，不過身分又怎麼樣，我還不是照樣佔到了便宜。

非常了解我的青峰，見我露出一副高深莫測的樣子，立刻身體晃了晃，險些倒下去。恐怕是偷看到了自己剛剛的想法。哼，待會兒再和你算帳。

來到蔡元秦的書房，他急不可待地連聲問：「小女究竟出了什麼問題？」

「貴千金確實是中毒了，這一點毋庸置疑。」我遲疑了一下，決定照實說。「只是這種毒有點古怪。」

「究竟是什麼毒？」

「屍毒。」

「什麼！」蔡元秦滿臉的震驚，「屍毒是什麼東西？」

「簡單地說，就是人死亡後分泌出的某些液體。這種東西毒性很強，貴千金被救回來後，身上是不是有些小傷口？」我問。

他抓住身旁的一名侍女，「溪兒一向都是妳在照顧，她身上是不是真的有傷口？」

侍女被嚇得滿臉煞白，結結巴巴地艱難回答道：「有……有一個。在小姐的脖子上，好像是被什麼利器劃到的樣子，很小，所以奴婢沒有太在意。」

「沒太在意，哼，妳居然敢說沒太在意，給我拉出去斬了！」蔡元秦一腳將她踢到地上，不論那侍女如何哀求，也沒再看一眼，只聽那淒慘的聲音被侍衛越拉越遠。

我乾咳了一聲，解釋道：「這也就是敗毒珠為什麼沒用的理由。屍毒雖然稱為毒，但事實上，並不算妖毒的一種，而是詛咒。看貴千金的樣子，恐怕再過七日，就會變成行屍走肉，和咬到她的東西一樣了。」

這番話，直嚇得蔡元秦臉色比剛才那侍女還白，高高在上的氣焰消失得無影無蹤，剩下的，只是個普通老人對自己女兒赤裸裸的擔心。

他彷彿一下子老了十多歲，重重地坐到身後的椅子上，深吸了一口氣。

「那……溪兒還有救嗎？」他的聲音蒼老無力。

「其實，也並不是沒有。」我微笑起來，笑得就像個奸商。看來這次，不只會搞到一百萬兩花花銀子了。

「真的！」老狐狸又來了精神，他激動地抓住我的手。「請夜公子一定要救救她，溪兒從小就沒了母親。我身在官場，每天都要和那些死對頭勾心鬥角，實在也沒給過多少關懷，真的很對不起她……」

我乾笑著用力抽回手，生平最討厭的就是這種情感糾纏了，無論是親情、友情還是愛情，一個個都無聊透頂，屬於吃飽沒事幹的類型。一聽到就會讓自己心臟難受，大腦發脹。

「不管出多少錢，就算我把所有的財產拱手相讓，老夫也要救活溪兒！」蔡元秦又道。

我頓時笑得更燦爛了，還是這句話好聽。

「大將軍，救令千金的事在下義不容辭，怎麼能和您說錢呢？」我做出了視死如歸的毅然神色。

放屁，真相信那傢伙會把自己所有的東西拱手相讓的笨蛋，恐怕自己怎麼死的都不知道。貪心，還是要有個界限，才是保命的最高境界。

那老東西也覺得自己說過頭了，絲毫不尷尬地立刻改口。「既然這樣，只要公子能醫治好小女，我答應的那一百萬，會立刻雙手奉上！」

暈！怎麼說來說去，又變回一百萬了。看來這狐狸已經成了精，厲害。不過，我夜不語也不是什麼好鳥，大家走著瞧。

我咳嗽了一聲，「既然這樣，刻不容緩，請問憶溪小姐被襲擊的時候，有誰在場？」

「有她的一百八十名貼身護衛，都是我一手教育出來的，個個武功一流，忠誠更是不需懷疑。是他們殺出一條血路，將小女護送了回來。」蔡元秦略微自豪。

「那將他們都請過來，我想問問當時的情況。」我喝了口茶，不管幹什麼，首先蒐集資料，這也是我做事的原則之一。

蔡元秦臉上有點尷尬，「我一怒之下，就把他們全殺了。」

「一個活的也沒有了？」我吃了一驚。

「也不是，有一個還活著，他是護衛長。」他的笑容有點勉強，「不過，他拚死救了小女回來後，神智就不清楚了。整天瘋瘋癲癲的，御醫說，他似乎受了某種強烈的驚嚇。」

我摸著鼻子，「這麼說來，他也跟死了差不多。那件事情，現在除了令千金以外，根本就沒有任何目擊者了？麻煩，實在麻煩。」

「他們死不死，和小女有什麼關係？」蔡元秦不悅道。

「關係大了。」我沉吟了一下，解釋道：「一般要解除行屍的屍毒並不難。可傷了憶溪小姐的東西，據我所知，應該是大殭屍。

「這妖怪的屍毒很麻煩，需要糯米和著他的牙齒粉末煮後服下。沒有目擊者，也就意味著，我們不清楚憶溪小姐究竟是在哪裡被襲擊的。」

聽完我的解釋，蔡元秦鬆了一口氣。「地點我倒是清楚，就在離益州大概兩百多里的芙蓉鎮。最近我還派了一隊三百人的小隊去偵察，只是，現在還沒有收到他們的音訊。」

什麼偵察，我看是屠城才對。我搖了搖扇子。「我看大將軍是等不到他們的消息了。」

「為什麼？」他有點驚訝。

「很簡單，如果那裡真的有大殭屍的話，你不管派多少人去，也不過是送死罷了。恐怕你的偵察兵，已經全變成了行屍。」

蔡元秦倒抽一口冷氣，「那東西真有那麼厲害？」

我笑了笑沒回答，只是站起來道：「事不宜遲，我要立刻趕去芙蓉鎮。」

「不行，你不能走。」他也站起身，示意左右將我攔下來。

我有點詫異，「將軍這是什麼意思？」

「沒什麼意思。」他嘆了口氣，「只是怕你們一走，就不回來了。」

「你到獵捕者中去問一問，我夜不語的聲譽和口碑，絕對一流。接了任務，絕不放人鴿子的！」我惱道。

「小伙子，老夫縱橫了官場戰場幾十年，至今屹立不倒，就是因為看的人多了，我誰都不會信，只相信自己。」

我哼了一聲，「如果將軍對我們不放心，大可以派人監視。」

「不必了。你是什麼人，我一眼就能看出來。如果你想逃，沒人能夠阻攔你。」蔡元秦緩緩地道，「最好的方法，就是把你留在這個鎮國府中。你不是有僕人嗎？大可以讓他去把那殭屍的牙齒帶回來。」

「你是打定主意不放我走了？」我氣悶，有種想要下令讓青峰將所有人殺光，再悠閒地走出去的衝動。

「不錯。」蔡元秦大笑道，「你也別想殺掉我逃走。先別說你有沒有這個能力，就算有，天底下也不再有你立足的地方。」

看來這次，是真的被吃得死死的了。唉，官場上混了幾十年，都混成精的狐狸，就是不同凡響。行！我認栽了！

「那請給我一個晚上考慮。」我止住感受到我心緒波動，想要動手的青峰。

「沒問題。」蔡元秦警告道，「不要想逃，也不准有什麼小動作。你逃掉了，我會滿世界通緝你，讓你變成過街的老鼠。如果我女兒不幸死了，你們就都去陪葬！」

那王八蛋走後，幾名侍衛「小心翼翼」地推著我們走回客房。

「你感覺到了嗎？」我看了看四周，並沒發現有人監視，這才問。

「有感覺。」青峰點頭。

我哼了一聲，「果然。那位千金大小姐身上流露出的淡淡妖氣，應該和前段時間碰到的混合欲色鬼，是同一種類型。」

「會不會就是那個欲色鬼的主人？」青峰判斷道，「老大不是說那應該是個妖怪嗎？」

「殭屍能算妖怪？」我不屑道，「殭屍這種東西，只不過是拋棄了靈魂的人類軀殼，遲遲不願意回歸黃土，對世間還有某種留戀的可憐蟲罷了。他們沒有任何想法，更不可能創造出那種工藝複雜的混合物種。」

想了想，我又道：「總之，這件事也不能不管。青峰，你明天就去一趟芙蓉鎮，速去速回。如果可以的話，你把那東西給我抓回來，最好要活的。」

「老大，那你怎麼辦？」青峰不無擔心。

「你當我真的手無縛雞之力啊！」我大笑起來，「以前沒有你和雪縈的時候，我還不是照樣把獵捕者的工作幹得有聲有色！自保絕對沒問題，何況這裡是鎮國府，你沒回來之前，那老傢伙絕對不敢動我的。」

「如果你有事，姊姊恐怕會將整個長安城都毀掉，然後看心情，要不要把全世界都凍成冰，和自己一起給你陪葬。」

「哪有那麼誇張。」想到雪縈那張冰冷絕麗的臉，心裡沒來由地一暖。「我和你們訂下的是生死契約。如果我死了，你們也會在刹那間從世界上消失。」

「我們只是回妖冥界罷了。依姐姐的性格，一定會從最底層爬回人間，為你報仇。」

「謝謝你，青峰。」我的聲音難得地柔和下來，「這次去你也要小心一點。從蔡憶溪傷口上的妖氣看來，那玩意兒絕對不會是單純的大殭屍那麼簡單。」

「既然老大你擔心我，那能不能考慮，將我的封印全部打開呢？」青峰得寸進尺，訕笑道。這傢伙，什麼時候學會這麼人類的表情了？

我用力在他的腦袋上敲了一下，「作夢，我可不想世界那麼早被毀滅。」

「小氣！」青峰低聲咕噥。

遠處，狗叫個不停，就像預感到了什麼不好的事情。心底深處，那股不安的感覺越發濃烈了。到底有什麼，會讓自己如此心緒不寧呢？望著窗外濃濃的夜色，我陷入了沉思中。

※　※　※

第二天一早，青峰就和我分開，踏上了去芙蓉鎮的路。

以他的腳程，千多里路，應該今晚就能到。仔細想一想，自從得到了這個僕人以後，那麼多年過去了，還是第一次分開，心裡稍微有點捨不得。

唉，暫時整不到他了！那傢伙在我的淫威下，不會趁機假公濟私，賴在外邊不回來吧？

吃過早飯，我在花園裡溜達。果然是富貴人家，全國各地的秋季花爭奇鬥豔地開放，香氣四溢，看著這些嬌柔美麗到不堪一碰的花朵，我卻始終沒辦法放鬆。

整座鎮國府，似乎都充斥著一種古怪的氣氛，就是那種氣氛，讓自己感到壓抑。

突然聽到一個不太耿直的笑聲傳過來，就看到蔡大將軍前呼後擁地出現了。靠！用得著這種氣勢嗎？這還是在自己家的花園裡，如果落在外邊，更不知道他會有多大的排場。

「夜公子，昨晚還睡得習慣嗎？」他的音調充滿了虛偽。

「還行。床很大，怎麼翻也掉不下去。」我漫不經心地答。

「哈。」蔡元秦賤笑起來，「要不要老夫找幾個侍女給公子壓壓床邊，填補下空缺？」

「好意心領了。」我冷汗直流，這種事情，也只敢想想而已。

自從收了那該死的妖怪僕人以後，我就再也沒有碰過女人，倒不是自己有斷袖之癖，也不是心理有陰影。而是那個雪縈，雌性生物就算抱我一下，她都要和別人拚命，更不要說是「那個」和「那個」了，恐怕她會將整個唐朝政權，來一次改朝換代吧。

而青峰對此的解釋，非常簡潔明瞭。「我姊姊有戀父情結。」

搞了半天，這麼帥的我，怎麼會和他們醜陋的老爸扯上關係？

撇下胡思亂想，我和蔡元秦那老狐狸互相寒暄了幾句，然後，就再也找不到話扯了。

正尷尬時，有個護衛滿臉驚慌地跑過來，湊到他耳旁小聲說話。

他的臉色立刻變了，眉間縈繞著惱怒和擔憂，衝我拱手道：「家裡出了點小意外，老夫就不陪公子了，請見諒。」

沒等我回禮，他就大步走開，只走了幾步又轉回來。「算了，事到如今我也不怕家醜外揚。常聽說你們獵捕者中奇人異士多不勝數，或許對這種事，夜公子會更有經驗一點。」

老狐狸，八成是把我扔在這裡不太放心，還是隨身攜帶保險一點，我心裡暗自警戒，這老傢伙不會在醫治好自己的女兒後，準備殺了我滅口吧？

從外邊流傳的種種駭人聽聞，以及獵捕者界對他的評價分析，這確實很有可能。唉，這次的買賣，真的要虧大了。

「王成，你給夜公子解釋一下最近的事情。」蔡元秦吩咐道。

有個管家模樣的中年男子向他鞠了躬，一邊走，一邊小聲地向我說起來。

「夜公子，最近的鎮國府不算太平。」開場白很直接，看來這個人不愛說多餘的廢話。「十天之內，後宅已經連續死了三位奶奶。」

所謂奶奶，就是蔡元秦娶的妾。據說，他的正房一直都空著，已經空了十六年之久，而妾卻是多到有數十人，就算掰著手指頭，都算不夠。

一般而言，所有的豪門望族中，後宅的爭奪是最慘烈的，勾心鬥角，明的暗的，什麼陰險的招數都用得出來，比之政治鬥爭也不遑多讓。

有人說，男人透過征服世界來征服女人，而女人透過征服男人來征服世界。誰不希望自己在自己的男人身上，有最大的影響力？特別是在那個男人權力還很大的情況下。這樣的狀況，那個懸著的正室位置，自然會讓蔡元秦的妾室拚了命地去爭取，甚至不惜殺人。

那管家似乎看出了我的想法，「六奶奶、四奶奶和十三奶奶，應該不是鎮國府裡的人動的手。後宅的每位奶奶，都有不在場的人證和物證。」

我不置可否，問道：「既然這樣，那是不是今天早晨又有人死了？」

「不錯，公子厲害。」管家滿臉佩服。這傢伙，看他的樣子不怎麼樣，拍馬屁的功夫倒是一流，看來，蔡元秦也是喜歡這一套的主。

「今天一大早，三奶奶的丫鬟照例叫她起床唸早佛，卻發現她死在了床上。」

「死亡時間呢？」我問。

「仵作判斷，應該是三更左右。」他答得很流暢。

這鎮國府還真不簡單，就連私人仵作都有。我皺眉，「現在我們要去哪？」

「正要去三奶奶的院子。」王成嘆道：「三奶奶平時的為人很好，對下人也客客氣氣的。有誰招惹了老爺，她都會拚命求情，也救下了許多下人的性命。鎮國府上人人都很尊敬她，真不知道這麼善良的人，會遭誰的嫉恨，居然——」

我打斷了他，「既然鎮國府已經死了四個人，而且，每個人都是後宅的，也就意味著存在某種特定的目的。」

至於是什麼目的，大家都心照不宣。

王成苦笑，「雖然老爺震怒，但一直都找不到證據。還有人說整座府邸不吉利，八成是在鬧鬼。弄得最近人心惶惶，有些下人，甚至有了離開的打算。」

鬧鬼？我昨晚也住在這裡，但沒有感覺到絲毫的妖氣，應該是人在作怪。有些人，為了自己的私欲，甚至比鬼怪更可怕！

那個三奶奶的住處是個小院子，有三個房間以及一座佛堂。

佛堂前是一個小花園，盛放著純白色的鮮花。據丫頭講，她每天很早就起床，然後誦經唸佛，為老爺禱告，以化解蔡元秦早年殺孽太多造成的煞氣。

蔡元秦口上雖然說自己沒錯，但心裡還是暗自感動，滿足她的大部分要求。最近幾年，隱隱已經有成為正室的可能。

院子裡人很多，但卻靜悄悄的。蔡元秦看也沒看跪了一地的丫鬟和護衛，徑直走進了房裡。穿過桃屋就是臥室，他很熟悉，雖然這個地方，已經很久沒有來過了。

三奶奶安靜地躺在床上，從頭到腳蓋著白色的絲綢。

「死因和先前三個一樣嗎？」他冷冷地問跪在地上的仵作。

那仵作滿頭大汗，嚇得全身顫抖。「稟告老爺，完全一樣。三奶奶的死因，是被一根堅硬細長的物體刺入心臟，當場斃命。」

他臉色陰沉，走上前，一把將蓋在屍體上的絲綢拉下。三奶奶的屍體赤裸裸地露了出來。所有下人立刻轉過頭，只剩我細細打量著。

只見這位三奶奶，也不過三十多歲的樣子，面貌應該很端莊秀麗。至於為什麼要用到「應該」這個不確定詞彙，是因為她的臉已經扭曲了。

她臉上的表情很複雜，像是在詫異，又像是莫名的驚駭，甚至隱藏著不知名的疑惑。這副表情，明眼人都看得出來，兇手不是她認識的才有鬼。她的心臟位置有一個不大的洞，四周的血跡已經被擦了個乾淨。

我皺了皺眉頭，奇怪了，一般人的心臟都在左邊，而那個傷口的位置，居然在右邊。看屍體的症狀，確實也是因為心臟破裂而亡，看來那個兇手不但和她很熟悉，更應該是她的閨房密友，或者有過肌膚相親的人，不然，不可能知道這種隱私。

難道她有情夫？有可能！豪門深如海，一朝進去了，除非死或者被休掉，否則就只能仰仗丈夫。可是，哪個豪門貴族的男人，不是三妻四妾？想起妳的時候，來住一晚上，如果有了新歡，恐怕到妳死，都不會再來看上一眼。

就算再忠貞的女人，在寂寞的折磨下，一旦爆發，就會如長江般止也止不住，給老公戴上綠帽子，在這個對女人本來就不公平的時代裡，是很常見的。

有情夫，也可以證明，為什麼她臨死前會有那種表情。

走出房間，我思忖一會，向王成問：「最近十天時間，鎮國府有沒有發生什麼大事？」

「大事？」他回憶著，道：「還真的有三件。第一件，算是大小姐被救回來，昏迷不醒。第二件，就是這後宅接連有人死亡。最後一件，應該也算吧，就在十天前，老爺為琴芳樓的趙姑娘贖身，將她迎娶回來做了十七房。」

琴芳樓是什麼地方，稍微有點常識的人都知道，那是京城最有名的煙花之地。趙舒雅這個名妓，就連我也有所耳聞。

據說，她最出名的是琴技一絕，至今也無人能出其右，再加上她性格剛直，有名的賣藝不賣身，安祿山曾經利用自己的權勢，威逼利誘，迫使琴芳樓借趙舒雅一晚。

而這女子，竟然以死相逼，用匕首抵住自己的喉嚨，令安祿山那老傢伙，與自己眼對眼坐了一晚上，美食就在眼前卻吃不到的滋味，出奇地並沒有讓安祿山暴怒。

那老傢伙第二天一早大笑而去，甚至放出風聲，如果非趙姑娘自願，不得有人用強，不然，就是和他安祿山過不去。

很難想像，這一名奇女子，居然會讓人贖身，而且甘願去做妾，看來，蔡元秦這頭雄性生物，真的不簡單。

不過，這女子是十天前嫁進來的，而連續兇殺案，也是這十天才開始。這兩者間會不會有什麼關聯？有趣，看來事情越來越撲朔迷離了。

我在蔡元秦的授權示意下，讓王成帶著，拜訪了後宅的女人。最後來到了十七房，趙舒雅的院子前。

深深吸了一口氣。就要和這位名滿天下的奇女子見面了，稍微有了點興奮的感覺。

雅女啊雅女，就讓我夜不語來剝開妳的面具，看看妳究竟隱藏著什麼樣的秘密，看妳究竟和這一連串的兇殺案，有沒有什麼關聯……

第九章 殭屍

院子很整潔，小花園裡開滿了秋梨。那雪白的花瓣被風一吹，紛紛揚揚地落了下來，鋪滿一地。如同真的下了一場大雪，幽香的氣味撲鼻而來，爾後，我見到了她。

趙舒雅靜靜站在秋梨樹下，花瓣落在她雪白的衣裙上。她真的很美，我一時間呆住了。

烏黑的長髮如瀑布般溢出奇異的光澤，隨意披散在肩上，小巧的鼻子，櫻紅的嘴唇，不盈一握的纖細腰肢。那雙明亮如同繁星般動人心弦的雙眸，正輕輕望著我，表情平靜，似乎早就知道我要過來，正特地迎接一般。

「公子，小女子有禮了。」她微微向我欠身，問候道。

怎麼自稱小女子？她不是嫁人了嗎？奇怪！我暗自思忖，笑道：「沒想到，在京城也能看到這麼美麗的秋梨花，這種樹，一般在南方是很難存活的。」

「公子博學。」趙舒雅微笑，那個笑容美得如同春天搖曳的牡丹，看得我飄飄然起來。

「這些秋梨都是小女子出生時，父母親手為舒雅所種，不論到哪裡都會隨身帶去。」

不會吧，這手筆就大了。看院子裡的十多棵秋梨樹，樹齡應該有二十多載，再加上青樓的生活並不穩定，顛沛流離的時候居多，她一個弱女子究竟是怎麼將樹隨身攜帶的？

她將我引入客廳，分主賓坐下。我細細地打量著她，這才進入了正題。「我來的原因，蔡夫人應該明白吧？」

趙舒雅微微皺了下眉頭，「請叫小女子舒雅即可，蔡夫人的名號，小女子受不起。」有古怪，難道她嫁入這個鎮國府，並非自願？我咳嗽了一聲。「為了避免某人的報復，還是姑且稱蔡夫人。蔡夫人妳就當是可憐我得了。」

趙舒雅笑了起來，看我的眼神中，攙雜入一種稱為好奇的東西。「公子也有害怕的事嗎？」

「當然有，而且非常多。」我乾笑，「我怕沒錢，怕以後娶不到老婆。娶了老婆後又怕管不住她，就算管住了，也有了後代，又怕兒子女兒不孝順，自己沒辦法安享晚年。」

「呵，公子真是風趣。」笑得花枝亂顫，「但就舒雅看來，公子應該是另外一種人。」

「哦，我都不知道，自己還隱藏著第二人格。」我漫不經心地說。

「公子應該是個清高的人，自信，聰明，不會衝動。做事情有條有理，絕對不會因為意料之外的事情亂了陣腳。總之，肯定不是等閒之輩，也不是個怕東怕西的膽小之徒。」

「我哪有那麼多優點，蔡夫人過獎了。」我哈哈大笑，試圖用笑意掩蓋自己的驚訝。這女人，居然才看了一眼，就能發現這麼多，實在是不簡單。

她用手指抵住下巴，「說了這麼多，該公子說說，舒雅是個什麼人了。」

「妳，當然是女人，還是個美人。」

她啞然失笑，「這個舒雅知道，舒雅每天都有照鏡子。還有呢？」

「其他的我就不知道了。我可沒有蔡夫人那麼厲害的洞察力，以及能一眼看穿對方本質的本事。」我悠然地喝了口茶，「不過有一樣東西，我倒想看看。」

「什麼？」她有點詫異。

我指了指她頭髮上的金釵道：「就是那個。」

她微微一愣，隨後依言取了下來遞給我，我看了一眼，又聞了聞，便又還給了她。

「據說，那四房都是因為一根尖細的硬物刺入心臟而死亡。」她看著我，小巧的嘴唇吐出清晰的話語。「公子認為兇器是釵？」

我不置可否，「不能排除這個可能。」

她笑道：「舒雅倒認為不可能。就算真的是釵，也沒人會把它重新插回頭上，多噁心。」

「誰知道呢。」我搖開扇子，為眼前的女子心思之細膩而暗自警覺。「萬一兇手欲擒故縱，認為將兇器放在大家眼皮底下，更安全呢！」

「也有可能。」

一時之間，雙方都再找不出話題。偌大的客廳裡，陷入了一種奇異的寧靜中。

我伸了個懶腰道：「好了，公事做完，我們聊一些私事吧。」

「哦，公子想聊些什麼？」她來了興趣。

「我們聊聊步非煙。」我笑，「她的悲劇，蔡夫人知道吧？」

「當然，那個女子的故事，誰又不心痛呢？」趙舒雅臉上滑過一絲不解，但嘴裡還是禮貌地道：「不過她的故事，就算再聽一千次，也不會膩。」

我緩緩地道：「其實，唐朝美人也不盡都是豐滿型，至少步非煙就很輕盈纖弱。她工於音律，精通琵琶，更敲得一手好筑，堪稱當時一絕。

「步非煙在十七歲的時候，由父母作主，嫁給了河南府功曹參軍武公業。武公業身為武將，虎背熊腰，性情驃悍。與心思細膩的步非煙完全是兩種人，而且根本無從溝通，所以，她經常感到鬱鬱寡歡。

「有一日，她在院中賞花，神情蕭索，柳眉微蹙，正好被隔壁舞劍時騰躍而起的趙象瞥見。那個趙象年方二十，長相俊秀，因為常在家裡攻讀科舉課業，所以，他的朗朗讀書聲，也曾掠過步非煙的心波，使她佇足牆下，凝神細聽。

「驚鴻一瞥後，趙象再也忘不掉步非煙，他重金買通武家的守門人，懇求轉達渴慕之情。守門人讓自己的妻子，去試探步非煙的口風。

「趙步兩人經過僕人之手，對詩數首，定了情分，然後在某一天，機會來了。武公業去公府值宿，趙象逾牆而過，自此之後，武公業不在家過夜時，趙象便會與步非煙歡會。

「就這麼過了兩年，事情再也瞞不住了，風聲傳到了武公業的耳中，他拷打守門人的妻子，逼她道出始末。強壓怒火，佯稱值宿，伏於牆下，於二更時分抓住了趙象一片衣角，趙象本人跌回自家院落。

「武公業衝回房內，對正在梳妝打扮的步非煙怒吼，步非煙見事情敗露，淡淡說了句『生既相愛，死亦何恨』。

「武公業揚起馬鞭，活活打死了步非煙。最後，以暴疾而亡的名義葬了她。」

舔了舔嘴唇，我瞥了一眼聽到出神的趙舒雅。「很奇怪吧！整整兩年，作為一個男人，滿足於偷情，無所作為，甚至連私奔的念頭都沒有。雖然私奔是要付出代價的。

「但是他不知，那女子淡定從容，不置一辯，任憑毒打，始終不開口求饒，也沒有將姦夫供出來，承擔了這場孽情所有的悲哀與不幸，並用自己的生命贖了罪。這樣的悲劇，這樣的女人，不值得可憐嗎？」

趙舒雅淡定從容地笑開了一臉，眼神流露出感動，但剎那後，那絲軟弱的感情色彩便已消失得了無痕跡，只是閃過了一絲警覺。「公子的見解很新穎，實在讓舒雅感動。」

我暗叫可惜，沒想到，這女人的心智和警覺性居然那麼高。不死心，我又道：「那蔡夫人有沒有興趣，聽一聽王寶釧的故事呢？」

不知為何，她卻搖頭，眼神中滑過些許焦躁不安的情緒，像是自己提到了什麼傷心事。

站起身，她淡然笑道：「舒雅累了，如果公子沒有別的事情的話，還請自便。青兒，妳帶公子四處看看。」

「不用麻煩了。」我識趣地告辭，「我也該去吃午飯了。蔡夫人，如果妳想聊天的話，隨時都可以來找在下。」

趙舒雅用美麗的大眼睛望著我，修長的睫毛微微抖著，似乎欲言又止。最後輕嘆口氣，向我施禮，才回了閨房。

走出那個被花瓣鋪滿一地的院子，我卻怎麼樣也高興不起來。

這個恬靜的女人，還真不是一般的複雜。不過，有一點倒是可以肯定，就算這起連續兇殺案不是她幹的，恐怕也是知情者之一，只是不知道，她在裡邊究竟扮演著怎樣的角色。

唉，我夜不語居然也會淪落到去替別人管家務事。頭痛死了！

※　※　※

「芙蓉鎮」這三個字，單調地搖晃在鎮的入口。

夜很寧靜，但寧靜這個詞其實不太適用在這個地方，應該說這裡一片死寂，沒有秋蟲的叫聲，就連尖銳的蚊子嗡嗡聲都聽不到。

青峰孤寂地站在空蕩蕩的入口，抬頭看了看天，烏雲一片，就連一絲月光都看不到。幸好自己還有一雙夜視眼，不過這氣氛，也太詭異了一點。

從出生開始，他和姊姊就是兩種極端，雖然是共用一個身體。姊姊性格冰冷，就像萬年平靜的湖水一般，任何外界因素，也不能打亂她的步調。而自己，卻天生有很豐富的感情，會高興，會害怕，會猜疑，會憤怒，甚至會愛會恨，雖然明知道這些感情色彩，對修煉是一種阻礙，但卻沒辦法壓抑。

然後在某次戰爭中，他們被人類封印了起來，時間一過就是數萬年。直到那個男人出現，他解開了封印，收服了他們，也收服了姊姊和自己的心。

他為他們取了名字，姊姊叫雪縈，而自己則叫青峰，很美、很好聽的名字，有一種被認同的感覺。

從那以後，姊姊也有了兩種感情色彩。她會為主人的高興而高興，甚至會偶爾笑笑。她的心湖只會為主人而波動，會因為主人的受傷而憤恨。

那種深刻的感情，就連自己這個弟弟也會嫉妒。

不過，對主人的感情，自己也不遑多讓吧！

雖然常常嘴硬，不過誰又知道，那是自己在暗暗高興，在拚命確認自己是不是已經融入了主人的生活裡，是不是已經成為了他不可缺少的一部分……

每當答案是肯定時，他的喉嚨就像是堵住了一般，很不舒服，眼睛也酸酸的。

對啊，自己已經有了主人，姊姊和自己，再也不必承受幾千幾萬年的孤獨了。那幾萬年，究竟是怎麼熬過去的，他們死也不想回憶。

有時候，孤獨就像嗜血的螞蟻一般，鑽進你的身體，從骨髓處咬起，一直咬到腦神經的末梢，那種痛苦的感覺，甚至比死亡更可怕。

青峰深深吸了一口氣，咧嘴試著笑了笑。這是主人最喜歡的表情，據他說這樣笑起來會非常的帥，不過，當自己也學著這樣笑的時候，很不幸，主人就再也沒這麼笑過。

他真的很不明白，難道，人類都是這麼難以理解的生物嗎？

芙蓉花略微有些苦澀的味道傳入了鼻子裡，他輕輕打了個噴嚏。

這個芙蓉鎮真的不簡單，明明知道裡邊隱藏著妖怪，卻絲毫感覺不到妖氣。鄰鎮似乎也察覺到這裡的不對勁，紛紛關閉邊界，害得自己過來的時候，還只能用飛的，麻煩！

他警戒地向前邁了一大步，沒發現什麼動靜，便緩緩地走進了這個死鎮。

青石鋪就的道路，在夜色裡泛出一種綠森森的色澤，鞋子踩在上邊「啪啪」作響，顯得異常孤寂。雖然是夜裡，已經到了人類的休息時間，但他還是略微有點不知所措。

已經很久沒有自己一人獨自行動了，早就習慣有主人在身旁的情況，任何事情都不需要動腦子，許多東西自己還沒有想到，主人便早已成竹在胸。

就算戰鬥，也變成了一種收到操控的行為，是主人和對方的廝殺，而自己，不過是個工具罷了。

說實話，滿喜歡那種感覺，自己本來就討厭麻煩，現在反而不適應獨自一人行動了。聽著自己的腳步發出的空洞聲音，他略微苦笑。自己這個妖怪還真沒用，像個小孩子似的，只要主人一不在，就會恐懼，會害怕，不知道究竟該幹些什麼。

殭屍呢？究竟在哪裡，已經走了這麼遠，為什麼還察覺不到絲毫的妖氣？

青峰聳著鼻子，在空氣裡聞了聞，四周充斥著腐敗的味道，雖然很淡薄，但勉強還能嗅出來，應該是北邊的山坡。

他輕輕躍起跳上了房頂，眺望那個山坡。很普通的地方，山上沒有任何花草樹木，只有些造型怪異的石頭，一目了然，應該隱藏不下什麼東西才對。

不知為何，自從離開鎮國府後，心底就有一種不安的感覺。那是出於妖魔特有的奇異能力，這種感覺令自己心浮氣躁。

突然，從身下傳來一股力的波動，整個房頂頓時塌陷。

青峰隨即運起斷魔刃，身體還沒接觸到地面就一陣亂砍。斷魔刃上傳來接連不斷的軟軟觸感，應該是割斷了什麼生物的身體，但是，自己卻沒有聽到任何慘叫聲。

定睛一看，只發現有幾個村民的屍體，橫七豎八地斷裂在地上。

說是屍體也不準確，那些明顯已經失去了生機的東西，居然還瘋狂地掙扎著，嘴裡發出無聲的嚎叫，用斷裂的四肢向自己爬過來。

是行屍！被大殭屍咬了之後變成的東西，這種被禁錮了靈魂的行屍走肉，是不死的。

當然，也可以說他們本來就已經死了，自然不會再次死亡。不過，稍微讓他們失去行動能力，變成「植物」行屍的方法，倒也很多。

青峰臉上流露出微笑，狠狠地一腳，將好不容易爬過來的行屍的頭顱用力踩碎。鮮紅的血液如同塗料一般，染得地上黯然失色。

「願你們的神保佑你們的靈魂得到安寧。」學著主人喜歡的那句話，他的腳毫不停留，飛快地在所有行屍的頭顱上都輕點了一下，為了避免鞋子被弄髒，甚至用上了些許妖氣。

走出那間屋子，房間裡隨即發出接連不斷的一陣悶響，是頭顱爆裂的聲音。

他甚至能想像到那慘不忍睹的可怕景象，腦漿四濺，血肉塑成的碎塊散落得到處都是，血灑在牆上。那個景象被主人看到，一定會狠狠地賞賜自己一腳吧。

不過，就算主人親臨，他要用的方法，恐怕也算不上怎麼光明正大。

他一定會說：「青峰，這個世界上的人似乎很少看到行屍。我們撿幾隻用咒法控制住，拉去獵捕者會場當寵物賣。其餘的，就通通埋起來，如果賣得好，再挖出來繼續。嘿嘿，一定能大賺一筆！」

想到這裡，青峰又笑了起來。

不知從哪個位置，傳出一聲尖利的嘶叫，原本空寂無人的街道上，頓時迴響起層層疊疊的響動。無數的行屍，從路旁的民居裡緩緩地走了出來。

那裡邊有小孩，有老人，有男有女，甚至還有穿著護衛服飾和軍裝，手拿刀劍的士兵。

但不論行屍湧出多少，他們身上那股特有的死氣，自己卻絲毫感覺不到，實在很古怪！

青峰將斷魔刃暴漲到兩寸，幽綠的光芒一圈又一圈地閃過，只見那些逼近的行屍不斷被攔腰斬斷，跌倒在地上，而上身猶自向他爬過來。

真是一群死纏爛打的東西，幸好自己不是人類，殘殺同類不會有強烈的罪惡感，更況且，他們早就已經死掉了。

讓身體飄浮在空中，斷魔刃的光芒變得更長、更刺眼了。手上猶如握著一把巨劍，一揮之下，便有一片怪物倒下，如同收割麥子一般。

就在他不斷重複這個機械性行為的時候，斷魔刃上突然傳來一股奇異觸感，讓他呆了一瞬。那種感覺，比行屍僵硬堅固的身體柔軟了不少。視線飛快地捕捉到了那個不同的物體，青峰這才看清，那居然是一個活生生的人類，一個十八歲年齡的女孩。

她清秀的臉孔因為恐懼而扭曲。為了怕她發出聲音，舌頭恐怕早就被割掉。混在這一群行屍裡，在自己的無差別攻擊中被砍中胸口，身體一刀兩斷，拋飛了出去。

青峰苦笑，自己居然殺了活生生的人類，完蛋了！還沒等自己想清楚，他就從空中跌了下去，手中的斷魔刃早已無影無蹤。

在主人解開封印後，就曾在契約裡，規定自己不得在沒有命令的情況下殺死人類。契約法術的制約效果很可怕，現在的自己恐怕除了超強的恢復外，已經被剝奪了所有能力。

望著越來越逼近的大群行屍，青峰的腦袋越發清晰。

為什麼對方要大費周折地弄出這麼大的排場，將整個鎮子的人變成行屍以後，又花功夫在裡邊藏幾個人類？他應該是調查過自己的弱點，而且在這裡守株待兔。

難道，這根本就是一場針對自己，甚或是主人的陰謀？不好！主人有危險！

青峰慌忙從地上爬起來，望著多到沒有盡頭的行屍皺了皺眉頭。還好，自己超強的恢復力並沒有消失，就算能力沒有了，基本體能還是比一般人強得多。

他一拳將最近的那個行屍的腦袋打爆，輕輕向上躍起，跳出一人多高。站在屋頂上，看著黑壓壓的行屍不斷如同蛀蟲一般，向自己的位置湧來。第一次，他產生了無力感。

真多！就算一個一個地解決，這些成千上萬的玩意兒，也要消耗幾天的時間。看來，真的要想個好辦法。

視線瞟到不遠處，一根丈餘長的粗壯青銅竿子，那應該是芙蓉鎮的青樓用來做招牌的東西，姑且用用吧。

想罷，他已跳了過去，抱起那根十多人也無法抬起的東西逃到空曠處，輕鬆地揮舞著，向無數的行屍敲去。雖然威力和斷魔刃還有差距，不過特殊時期，也就顧慮不了那麼多了！

有了武器，敲破那些東西腦袋的速度顯然快得多。好不容易殺出一條血路，居然看到芙蓉鎮的出口，老遠地站著一個人形物體。

他的身形魁梧，披掛了滿身金甲，只是散發著強烈的惡臭。雖然一樣感覺不到鬼氣或者妖氣，但很明顯，這東西不同一般。

不是那麼衰吧！看來，這果然是圈套。青峰心裡「喀嗒」一響，揮手氣惱地將鎮前的牌坊砸個粉碎。

看來，是剛才還遍尋不著的大殭屍，出現了！

第十章 陰謀

很晚了。趙舒雅穿著一襲雪白的衣裙，孤身一人來到客房前，敲響了我的房門。

我一開門，就聞到了一股淡淡的秋梨幽香，令人精神一振。

看到我心不在焉的樣子，她微微一笑，那笑容彷彿令夜空也明亮了起來。「夜公子，難道不請小女子進去坐坐嗎？」

「不方便吧。」我指了指陰暗得有些詭異的夜色。

「沒什麼不方便的，我一個女孩子，都這麼大方送上門來，作為一個有個性、有前途的男人，公子居然這麼扭扭捏捏。」她露出不悅的樣子，聲音卻如同珠玉相碰，聽不出有任何嗔怒。

「蔡夫人這句話裡的歧義太多，恕在下聽不明白。」我擋在門口，寸步不讓。開玩笑，她不要清白，我還要呢！何況送上門的，一般就不會有什麼好東西。我夜不語還沒有自戀到，認為自己可以帥到迷倒眾生。

「那也好，夜公子介不介意，陪舒雅到花園裡走走？」看來她的本意就不是要進來。

我毫不猶豫地搖頭，「我很睏了。」

但是她卻毫不介意，依然自信地笑道：「公子知道舒雅剛剛來的時候，有多少人看到了？」

「我怎麼可能知道。」我頭痛了，隱隱知道她想幹什麼。

「你猜。」

「猜不到。」

「其實不多，一共只有二十多個而已。」她的笑容更燦爛了，「對每一個人，小女子都耐心、細心、好心而且不小心地透露，是夜公子叫舒雅來的。你猜，如果舒雅現在大叫一聲，會不會出現什麼有趣的景象？」

我哈哈大笑起來，「鎮國府夜裡花園的景色，其實我早就仰慕已久，去看看也不錯。更何況，還有佳人作伴，不去的是傻子。」

奇怪了，從一看到自己開始，這女人就在不斷試探我的忍耐底限。她究竟想幹嘛？默默無語地走在花園的小道上，不知走了多久，直到天空的那輪銀月，不知道第幾次羞澀地躲入雲層裡，趙舒雅才突然說道：「公子不是要給舒雅講王寶釧的故事嗎？」

「蔡夫人不睏了嗎？」我沒好氣地反問。

「有公子的故事，舒雅怎麼會睏。公子不講，那舒雅就講給公子聽好了。」她的聲音柔柔地傳入耳中，實在讓人很舒服。

如果不是那麼有心計，如果不是明知道她懷有某種目的的話，就更完美了。

「王寶釧是舒雅的前輩，語江樓著名的牌坊；也是個被男權社會用虛無的光環，藉以掩飾自私與卑劣的淒慘女子。自她以後，這個朝代隱隱有個趨勢，都說女人要像王寶釧那樣，十八年保持同樣的姿勢，一定會有苦盡甘來的那一天。哼，或許真的會是這樣吧。

「她的結局是傳統式的大團圓，與薛平貴夫妻相認，和代戰公主共事一夫，簡直就是千古美談。可惜，十八天後，她便死了，沒能將這種虛偽的美滿，進行得更為天長地久。「而這十八天的榮華富貴，對薛平貴來說，是卸下了良心上的一個枷鎖，如果他還有良心的話。」她語氣淡然地講著，但是，聲音卻越來越低沉。

我笑了笑，同感道：「許多人都說，王寶釧掙脫了某種牢籠，反抗家長權威，追求自由的愛情，可歌又可泣。我覺得歌就不必了，泣倒是必然的。

「怎麼會不哭呢，以為自己找到了良人，卻誤了終生，那個薛平貴確實成了氣候，但卻不再屬於她。她犧牲了自己，到頭來，換到的，不過是一場夢而已。」

望著黯淡的夜色，我的語氣也不禁低沉了下來。

「她的死，應該絕對不是願望得償後的含笑合眼，而是，發現自己堅守的信仰可笑地碎了，傷心地離開人世。畢竟一個女人，哪有多少個十八年可以等待。或許，就在她傻傻等待的同時，其他應該屬於她的幸福，也悄然溜掉了！」

她的美目凝固在我的臉上，似乎有著解不開的心事，許久，才輕聲道：「公子的見解果然別出心裁，小女子佩服。不知道公子有沒有興趣，聽另外一個關於等待的故事？

雖然不是我的，但是，卻是我的一個好姐妹的親身經歷。」

我做了一個請講的姿勢。

趙舒雅用手攏了攏柔美的長髮，「據說夜公子是獵捕者，那麼應該也曾聽說過，這個世界並不只有人類存在。還有妖魔、鬼以及精怪。而我的這個朋友，就是一株梨花精。」

※　※　※

梨花樹生長在一個院子裡。沒人知道，它幽綠的枝葉下，隱藏的是千年的歲月。

一千多年來，它抽枝發芽，開出一季又一季的雪白花朵。慢慢地它開始有了感覺，然後，能夠思考了。

就在那天，在朦朧中，它看見了一個年輕的男子。不用多說什麼，反正就是覺得那個男人令自己很舒服。他的樣貌，他的一切，似乎都在不斷撥動自己懵懂的心田。

他是這個院子的少主人，出身豪門，家產豐厚，又多才多藝。

他喜歡坐在自己的枝葉下彈琴，日復一日，年復一年。就那樣不知過去了多久，終於有一天，他不見了，就如同人間蒸發了一般，自己再也沒有見到過。

梨花樹開始焦急地等待，它覺得失去他的每一天都是煎熬，聽不到他的琴聲，自己生不如死。然後它開始憤恨，為什麼老天要這麼玩弄自己！既然讓自己有了知覺，既然讓自己明明白白地感覺到了一點小小的幸福，為什麼又要那麼快地將一切都奪走？

精怪的修煉，是很看個人喜惡的。它的憤怒令自己開出了一樹的花朵，那些花朵黑如墨，帶著陣陣的惡臭。院子的主人很驚恐，認為是災禍的前兆，將它砍了下來燒掉。

就在那一刻，它見到了冥王。

「妳想見的那個男子已經死了，他在三年前投生到了人間。」冥王問她，「不過，妳真的想再見到他嗎？」

「我想，哪怕只是一眼，我也想！」梨花精答道。

「但是，代價很大，大到許多人都無法承受。」冥王說，「妳必須要放棄妳的千年修行。妳能嗎？」

梨花精沒有遲疑，「我能。」

「妳還必須再修煉五百年，才能見他一面，就算這樣，妳也不後悔嗎？」

「絕不！」回答得斬釘截鐵。

於是，她變成了一塊大石頭，躺在荒郊野外。四百多年的風吹日曬，苦不堪言，但梨花精都覺得沒什麼，難受的是，這四百多年沒看到一個人，看不見一點點希望。

寂寞，讓她都快崩潰了，直到最後一年，有個採石隊來了，其中一個人看中了她的巨大，把她鑿成一塊巨大的條石，運進了城裡。

他們正在建一座石橋，於是，梨花精變成了石橋的護欄。

就在石橋建成的第一天，她就看見了他，那個自己等待了五百年的男人！他行色匆匆，像有什麼急事，很快地從石橋的正中央走了過去。那男人絲毫沒有也絕對不會發覺，身旁有一塊石頭，正目不轉睛地痴痴望著自己。

很快地，那男人又一次消失在了遠處。在他離開後，冥王又出現了。

他用憐憫的眼神望著梨花精問：「妳滿意了嗎？」

她瘋狂地搖頭，「不！為什麼？為什麼我只是橋的護欄？如果我被鋪在橋的正中央，我就能碰到他了，我就能摸到他了！」

冥王問：「妳想摸他一下？那妳還得修煉五百年！」

梨花精流著淚點頭，「我願意！」

冥王遲疑地問：「妳吃了這麼多苦，真的不後悔？」

她輕輕笑了，「絕不後悔！」

然後，她又變成了一棵梨花樹，立在一條人來人往的官道上。

這裡每天都有很多人經過，她每天都在近處觀望，但這更難受，因為無數次滿懷希望地看見一個人走來，又讓無數次的希望破滅。

如果不是有一千五百年的修煉經驗，梨花精或許早就崩潰了！

日子一天天地過去，她的心又逐漸平靜下來。她隱約明白了，不到最後一天，他是不會出現的。又是一個五百年！最後一天，梨花精知道他會來，她停止了五百年的心，開始瘋狂地激動。來了！他來了！他還是穿著她最喜歡的白色長衫，臉還是那麼俊美。

梨花精痴痴地望著他。這一次，他沒有急匆匆地走過，因為，天太熱了。他注意到路邊有一棵大樹，那濃密的樹蔭很誘人。

休息一下吧！他這樣想著，然後走到大樹腳下，靠著樹根，微微地閉上了雙眼，他睡著了。

梨花精摸到他了！他就靠在她的身邊！但是，她無法告訴他，自己對他的千年相思。她只有盡力把樹蔭聚集起來，為他擋住毒辣的陽光。

兩千年的柔情，等來的只是男人小睡片刻，或許他還有事要辦，便站起身來，拍拍長衫上的灰塵。

在動身的前一刻，男人抬頭看了看這棵大樹，又微微地撫摸了一下樹幹，大概是為了感謝大樹為他帶來清涼吧。然後，他頭也不回地走了！

就在他消失在他的視線的那一刻，冥王又出現了。

冥王說道：「滿足了嗎？兩千年的修煉，足以讓妳轉世為人，妳可以在茫茫人海裡找到他，或許，妳可以做他的妻子……」

※　※　※

故事講到這裡，唐突地停住了。我略微有些詫異地看了趙舒雅一眼，「後來呢？」

她微笑不語，從地上拈起一朵花，突然臉上浮現出驚奇的表情。

「那是什麼？」她指著身前的草叢輕聲道。

我湊過頭去，突然感覺身後被誰推了一把，身體失重下頭一栽，倒了下去。

這一倒，就是個天翻地覆，倒下的地方似乎有個大洞，我一直滾落，好不容易才碰到地面。大腦在那瞬間，閃過了無數的念頭，不過有一點，自己倒十分清楚。該死，自己竟然中了某個精心計畫的陰謀，被對方請君入甕了！

※　　※　　※

大殭屍直直地站立在鎮的出口位置，那是主人口中的死位，也就意味著不論怎麼逃，都必須要從他身旁經過。

青峰向後望了望，只見密密麻麻的行屍，如同臭蟲一般湧過來，看得人十分噁心。看來，還是只能從那裡離開。他打定主意，望向了這次任務的主角。

那怪物身上披掛的金甲，在月光下閃閃發光。青峰的心越發低沉，月亮會賦予殭屍這一類死物快速的恢復能力。

也就是說，不管怎麼揍他，那傢伙沒多久就會恢復成毫髮無傷，更何況，自己原本就失去了大部分的能力，這一仗，實在不怎麼公平。

他有點焦急，主人不知道怎樣了，就現在的情況看來，京城那邊應該也開始動手了。如果自己再不早點幹掉這玩意兒的話，恐怕無法及時趕回去。

「不管了，早點收工了事。」咧嘴讓苦笑爬上英俊的臉，他大喝一聲，舉著青銅長杆，狠狠地砸了下去。

大殭屍依然一動不動，只是輕輕一抬手，就將他的武器擋住。

這傢伙的力氣實在大得變態，自己絕對比不上。青峰毫不遲疑，高高跳起，在空中飛快地旋轉著，直到力道夠了，這才凌厲的一腳，踢在他的胸口。

一陣巨大的金屬碰撞聲響起，大殭屍的身體只是輕輕晃了晃。

見攻擊無效，青峰迅速竄下，用掃堂腿攻擊下盤。還是沒用。

大殭屍根本就沒有反應，一動不動地任憑他胡亂消耗力氣。青峰略微喘口氣，躍後幾步，將身旁的行屍全部踹爆頭，站到了地上。

麻煩了，這傢伙根本就不甩自己，既不攻擊，也不讓自己走，擺明一副明知道自己是不死身，很跩的樣子，看得他恨得牙癢癢的。看來，他們的目標果然是主人！

對這個物理攻擊無效的玩意兒，青峰有點無奈。正在他想到腦袋都冒煙的時候，一陣耳熟的輕笑傳了過來。

一襲白衣如雪的女子，背對著那輪銀月，站在房頂上。銀鈴般的笑聲，就是她發出的。

「曉月姑娘。」他回頭驚喜地道。

「呵呵，青峰小弟弟，你也有這麼狼狽的一天啊。要不要姐姐我幫忙？」風曉月衝他眨了眨眼睛。

青峰頓時頭痛起來。主人不是說，女人這種生物最討厭被人說老的嗎？可是現在的她，居然要做自己這個萬多歲的老妖怪的老姐，那她還不老成了老老太婆了？

看來女人這種生物，果然像主人說的一樣，實在難以理解！

腦袋裡一邊想著沒營養的東西，他嘴上倒是沒停，毫不羞愧地道：「那就謝謝曉月姑娘了。再不快點，老大會有危險的。」

「你家那個市儈狡猾，禍害遺千年的蟑螂主人，居然會有危險！」風曉月滿臉驚訝，「怎麼可能！那傢伙只要一聞到危險的氣味，就會溜得沒影子了……」

「這次的事情有點特別。」青峰苦笑，「總之，先把那玩意兒解決了再說。」

「也行。回去後，再和你主人談勞務援手費。」風曉月暗笑，自己可是特地跟著那笨妖怪過來的。

既然一路上沒機會搶回敗毒珠，只好在這種事上找油水，沒想到挖油水的機會，真的讓自己找到了，這次，幾十上百萬的銀子，還不手到擒來？

望著眼前的大殭屍，她微微皺了下眉頭。這怪物，怎麼沒有散發出一絲妖氣？實在是太怪異了，不管了，還是先找個替死鬼，試探一下虛實。

「青峰，你用斷魔刃砍他的下盤。」她命令道。

青峰又是苦笑，「曉月姑娘，那個，我因為某種原因，能力暫時消失了！」

「怎麼這樣！看來，本姑娘要把勞務費算高一點了！」風曉月沒有再多話，一把將背後的月華劍抽出，捏了幾個劍訣，向那流露出怪異氣息的殭屍刺去。

只聽見一連串清脆的金屬碰撞聲，火花濺起一團又一團的耀眼光芒，十多息後，她啜著嬌喘，向後飛退去。那殭屍依然毫髮無傷，甚至外層的金甲，也沒有留下絲毫痕跡。

「斬風！」風曉月一聲嬌喝，手中劍氣密集收縮，泛出微微的白色光芒。身子一閃，手臂一長，劍氣凌空刺向大殭屍的雙眼。

一般的殭屍，只能用鼻子嗅出人的氣味，但是，這殭屍似乎能清楚地看到。

他憤怒地吼叫著，露出長長的尖銳獠牙，身體終於動了。僵硬的雙腳一點就跳了起來，手臂飛快地直取風曉月的喉嚨。

風曉月的反應也不慢，回劍一揮，就聽到悶悶的碰撞聲，似乎是切斷了什麼東西，原來，是那怪物長達一尺半的鋒利指甲。

她一腳將殭屍踹下，在空中向後翻動，白色的衣裙流水般隨風擺著。仔細一看，肩膀上的衣服已經破了五個小洞，還好沒有碰到皮肉，不然就麻煩了。

身後行屍不斷湧來，風曉月的眉頭皺得越發緊了，這個妖孽，究竟害死了多少人！

不能再有絲毫憐憫了，不然，自己的命恐怕也會丟在這裡。

「月蝕！」將手中劍豎起，劍氣開始攪動，慢慢地，月光似乎也開始扭曲，甚至摻入了劍氣裡。空間在強烈的白光中開始破裂，甚至發出尖銳的刺耳聲響。

「去！」像是舉著一顆巨大的光球，風曉月高高躍起，利用落下的速度，將那顆白色光球扔了下去。只見白光破開，無聲地撕咬腐蝕周圍的一切物體。

不知道過了多久，白光散去，眼前露出了一個直徑三丈的橢圓形坑洞。範圍內的所有行屍，都消失得一乾二淨，屍骨無存，甚至沒有遺留下任何曾經存在過的痕跡。

「總算搞定了吧。」風曉月將臉上的汗水撫下，喘氣道。不過，還沒等懸著的心放下，她已經驚訝得瞪大了眼睛。

坑的最中央，那大殭屍安靜地半身陷入土裡，依然沒有絲毫受傷的跡象。

「這、這妖孽也太變態了！他真的是殭屍嗎？」風曉月結巴地問著身旁的青峰。

青峰也很無奈，「這個我也不知道，如果主人在的話，應該能判斷得出來吧。」

大殭屍似乎更加憤怒了，他一聲不吭地從土裡跳出來，嘴一張，吐出了一大團黑色火焰。那些略帶著黯淡死氣的火焰，沒有任何熱度，反倒讓人發冷，冷到了骨髓裡。他們不由得打了個冷顫，這沒見識過的東西，應該不簡單！

「劍壁！」風曉月將劍一揮，一個淡淡的白色光罩，便將兩人籠罩了起來。黑火打在光壁上，雖然沒有再進一絲一毫，不過，光罩卻猛地灰暗了許多。

頓時，風曉月頓感吃力，望著在一旁若有所思的青峰喝道：「你這傢伙也不來幫忙，老娘就快頂不住了！」

青峰像是想到了什麼，拍手道：「冥焰！這是死靈皇才會的冥焰。」

「管他什麼死靈皇去死，你倒是說說，這殭屍是什麼來頭！」風曉月有點想罵爹了。

青峰尷尬地搔頭，「雖然不知道他是什麼玩意兒，不過，恐怕就像主人說的，是個人造的混合妖怪，這種東西非常麻煩！」

「何止非常麻煩。」風曉月惱道：「我看是麻煩到姥姥家了。沒想到，我風曉月貌美如花，還沒找個好男人嫁出去，就要葬身在這個清冷的荒郊野外，不甘心！太不甘心了！」

「曉月姑娘，」青峰冷靜了下來，臉上少有的流露出凝重的神色。「等一下妳力盡時，就快速地躲到我身後。」

「那你怎麼辦？」風曉月有些驚訝。

「沒關係，總之我是不死身。再說曉月姑娘是來幫我的，如果讓妳死掉了，老大一定會罵死我的！」青峰笑著，英氣勃勃的臉上流露出一絲關心。「只要等我的功力恢復，那雜種妖怪就死定了。」

風曉月望著他的臉，一時呆住了。許久，才問：「你還有多久才能恢復？」

「契約的懲罰效果，大概有十個時辰。現在已經過了兩個時辰多了。再七個多時辰就好。放心，我的身體就算被分解成碎塊，只要主人不死，都會恢復的。」青峰淡淡道，視線死死地望著那個大殭屍的位置。「何況，就憑他，還沒本事將我分屍！」

臉上，慢慢地爬起些許的紅暈，如石頭一般堅硬的心，似乎有某處開始鬆動了。風曉月的目光有點痴，大腦甚至有瞬間的暈眩。

她的身體晃了晃，像是在警覺什麼，狠狠地在青峰的腦袋上敲了一下。

「不要瞧不起人了！好歹我也是排名前五的獵捕者，我也有自己的原則。」她咬牙，擠出力氣再一次運開劍氣，不斷將劍壁加固。

「要讓你這小弟弟站在我的身前，替我當擋箭牌，老娘以後還有臉在江湖上混嗎？哼，不過只是短短的七個時辰罷了，老娘我頂得住！」

青峰對她的過激反應有點消化不良，正想措辭勸解，不過，還來不及說什麼，他的臉色突然煞白，身子甚至因為恐懼而顫抖起來。

「怎麼了？」正拚命硬頂的不良二十一歲女子，捕捉到了這個不正常氣氛，回頭問道。話剛出口，就已經驚訝得差些讓劍壁崩潰。

只見青峰蜷縮地坐倒在地上，雙手緊緊地抱住自己的身體，如同小孩似地咬著袖子。他的眼神渙散，本來泛白青的皮膚，像是失去了所有光澤一般，毛孔大到清晰可見，甚至能清楚地看到，異常的皮膚正在呼吸似的收縮著。

「青峰，你究竟怎麼了！」不知為何，心底居然會感覺有股莫名的痛楚。

「主人，我感覺不到主人了。」青峰像是要哭了，聲音沙啞，身體顫抖得更厲害了。

「生死契約已經將主人的靈魂，和我們的糅合在一起，不管距離多遠，我們都能感覺得到對方的存在。可是，剛才，剛才……我居然感覺不到主人了！」

「你冷靜點！你不是還活著嗎？這代表你的那個混蛋主人，應該只是困在了某個你們無法聯繫的法陣裡，暫時沒有生命危險。」風曉月試圖安慰他。

「感覺不到主人的氣息，姊姊會發瘋，一定會將視線裡所有的東西都毀滅！」

「不行，曉月姑娘，妳快逃。」青峰的聲音在扭曲，他抬起頭，眼中竟然泛出水澤的光芒。「姊姊，就要出來了……」

第十一章 真相

我坐起身，摸著頭，然後檢查，還好並沒有受傷。

起身拿出一張符紙，飛快地唸出咒語，便有一團濃濃的白色光芒在手上燃起。就著這個不算明亮的光芒，我打量著四周。

這應該是個天然洞穴，而自己正處在不太大的石室裡。光焰下，不遠處有條走廊，可能是別有洞天吧。向頭頂望去，七丈遠的地方有個空口，應該就是我跌進來的地方。該死，那個入口恐怕是用高段的幻術掩蓋，還好法術還能用！

猛地我的臉色變得煞白，自己和雪縈、青峰的聯繫感，居然消失了！

他們是不是出了什麼問題？不對，不可能！他們是不死身，只要我不死，他們也不會死。想來是這個古怪的地方，有切斷氣息和遮蔽心靈聯繫的作用，有趣，值得好好研究！

我毫不猶豫地敲下了一小塊石壁，正準備仔細看看時，有兩道身影從洞口飄飛了下來。

「夜公子，用手段把你請到這裡來，真對不起。」趙舒雅幽幽的聲音迴盪在洞裡，令人如沐春風。

其實，自己很早就覺得奇怪，為什麼這名女子的聲音雖然慵懶，但不管在什麼情況下，聽在耳裡都有一種勃勃的生機，如同樹木對生命的熱愛一般。

她的手挽著一名男子，身材高大，不過，全身都縮在黑色的長袍裡，看不清楚樣子。

我沒讓自己露出一絲一毫的異樣神色，只是鎮定地大笑。「蔡夫人好本事，自從見面以後，就不斷地挑撥在下的好奇心，然後，借用講故事的方法，降低在下的防備，再突然將故事停下。

「在我好奇心大盛和防備力最弱的時候，用個最簡單的手段，就成功地請君入甕了。蔡夫人的心計，在下實在佩服得五體投地。」說到這裡，語氣都開始酸起來，原本這一招，是我想用在她身上的。

其實，還有一點我沒有提到，趙舒雅似乎天生就有一種親和力，她身上洋溢著善良的氣息，給我人畜無害的感覺，就是這種感覺，讓自己一時間失掉了本該有的警覺。

「對不起。」她低頭向我施了一禮，「他有事求你，又怕你不會答應，我們就只好出此下策了。」

「真的那麼簡單嗎？」我望向她身旁的男子，眼神死死地盯著他，緩緩地道：「鎮國將軍蔡元秦。還是，我應該叫你鎮國大將軍，蔡如風呢？」

那男子絲毫沒有流露出驚訝，只是霸氣地大笑著，一把將籠罩全身的長袍拉下。「夜不語不愧是夜不語，聰明絕頂，這麼快就猜到了。」

這男子果然是蔡元秦，只是比起平時的蔡元秦，多了些隱藏的東西，而現在赤裸裸地流露出來，壓抑得我頓時喘不過氣。

自己猜測得沒錯，這個一百零六年前，就應該陪葬在唐太宗陵墓裡的當世大英雄，果然還活著，而且，樣子也比傳說中年輕十多歲。恐怕最近碰到的一切，都是他搞的鬼。

「不過，我倒是很驚訝。」蔡如風微笑道，「我自認為一切都做得天衣無縫，你究竟是怎麼看出破綻的？」

「很簡單，因為這一切都太巧了。」我哼了一聲，「因為每一件事情，都透露著些許解不開的東西，讓我陷進去。

「最開始，是你因為女兒的中毒廣發公文榜，賞金一百萬兩求敗毒珠。千年百足上藹原本就是可遇不可求的東西，雖然那一百萬兩，對獵捕者而言，就像磁石對鐵一樣有強烈的吸引力，不過，大多數人都不會抱有太大希望。畢竟，百足上藹基本上已經算絕種，更何況千年以上的，那太過於海市蜃樓了。

「不過，我居然得到了通報，真的跟著風曉月那瘋婆子，找到了千年百足上藹。事後算了算機率，自己都不怎麼相信。這種少到只有千萬分之一的機率，居然會被自己遇到。

「我一向都不信什麼運氣之類的鬼話，最後得出一個結論，恐怕應該是有人故意送便宜給我，然後，我就開始暗暗留心起來。」

蔡如風大笑，「千萬分之一。那你有沒有想過，千萬人中的一個，必然有一人能夠得到那樣的機會，而你碰巧就是那一個？」

「這句話我反送給你，你會相信嗎？」我冷哼一聲。

蔡如風愣了愣，搖頭道：「本將軍恐怕也不會信。」

「沒錯。然後，我就遇到了那個奇怪的欲色鬼，那東西是你製造出來的吧？」得到了肯定以後，我又道：「那玩意兒確實成功地引起了我的注意。

「所以，當我發現蔡憶溪的傷口上，有著淡淡的同種妖氣時，由於好奇心使然，再加上你的威脅，便有八成的可能讓青峰離開自己，到遙遠的芙蓉鎮去調查。很好，你調虎離山的計畫，確實成功了。

「我錯誤的判斷鎮國府裡雖然不尋常，但應該沒有危險，果然支走了自己的妖怪僕人。哼，俗話說虎毒不食子，沒想到，你卻連禽獸都不如，居然用自己的親生女兒當誘餌。」

「親生女兒，我又不是禽獸，當然不會做那種禽獸都不如的事。」蔡如風悠然道，臉上絲毫沒有任何羞愧。「那名女子，不過是我撿來的孤兒罷了，讓她平白享受了十六年的清福，也該為老夫辦點小事了。」

面對這個口耳相傳了百多年的大英雄，我真的不知道該怎麼罵了，俗話說「耳聞不如眼見」，搞了半天，這句話，居然是個充滿貶義的句子。

我眼神中充滿了鄙夷，繼續道：「雖然不知道為什麼你要對付我，不過，恐怕你對我的性格，早就做了完全的調查和分析，甚至知道的比我自己都多。

「接下來，就是該怎麼毫無防備地切斷我和僕人之間的聯繫，以便不讓他跑出來攪亂局面，為了達到這個目的，你需要一些道具。

「你清楚我是個多疑且充滿警戒的人，所以你要造出一個完整的局，來引起我的好奇心，以及消除我的戒心，形成請君入甕的情況。所以，你娶了趙舒雅這個天生就能使人放鬆警惕的女人當作主線，然後，連接出一連串後宅女子神秘死亡的詭異事件。

「你的方法很成功，我確實陷了進來。不過，有一件事引起了我的懷疑。」

「哦？」蔡如風來了興趣，「什麼事，說來聽聽？」

「你不應該讓我看到你三夫人的屍體。」我淡淡地苦笑，「她心臟的位置不同於一般人，長在了右邊，而致命的傷口也在右邊。看屍體的樣子，確實也是因為心臟破裂而亡。

「我判斷，那名兇手不但和她很熟悉，更應該是她的閨房密友，或者是有過肌膚之親的人，不然，不可能知道這種隱私。

「再加上她臨死前的表情，正是像見到了許久沒有見的人，從心底爬上的驚喜，以及不相信那個人會真的殺死自己，那種難以置信的悲痛和絕望。

「我本以為她有情夫，不過很快就剔除了。然後，我也基本上排除了是女性殺人的可能。畢竟她的傷口，切口穩定沒有一絲猶豫，像是蓄謀已久。就算經過鍛鍊，大多數的女人都不可能做到。就這樣，一個兇手被我鎖定了，那就是現任鎮國大將軍，蔡元秦。」

「聰明！」蔡如風拍手道，「這一點，確實是本將軍疏忽了！不過那四個女人，死前居然都露出了同樣的表情，真的讓我很驚訝，女人果然是一種奇怪的生物。」

「對，她們真的很奇怪。」我恨不得一腳踹過去，「你知道嗎？她們每個人都很愛你，就算臨死時，也只是露出一點驚訝和難以置信，卻沒有絲毫的怨恨。她們是心甘情願為你而死。

「雖然不知道為什麼會被最愛的人殺掉，但她們留在臉上的最後一絲表情，說明了她們對你的留戀，以及淡淡的擔心，難道，你就連這一點都看不出來嗎？混蛋！」

「抱歉，本將軍不是個感情豐富的人。」蔡如風面色不改，依然微笑著。

「王八蛋！虧我以前還那麼崇拜你！」

蔡如風恍然大悟，望著四周道：「所以，你才從這個洞穴看出了我的影子，然後詐了我一下。」

「不錯，『血融』是你蔡如風最拿手的特殊本領，至今沒有人學會。」我將手攤開，露出了剛才敲下的小塊石壁。「這玩意兒滲入了你的血融，才有了阻隔空間以及任何聯繫的能力。哼，不知道大英雄這麼處心積慮，究竟要我這個普通的小民幹嘛？」

「沒什麼，只是想要你的小命罷了。」他說得理所當然。

「恐怕，你是為了雪縈、青峰那妖魔吧。」我盯著他，眼中劃過一絲鋒利光芒。「他們擁有不死身，只有殺掉我，才能殺得了他們。」

「沒錯，你很聰明。要不要聽一個故事？」蔡如風鼓掌，也不管我是不是想聽他嘮叨，聲音低沉地講起來。

「我生在仁壽四年（西元六〇四年），我從來不知道自己的父親是誰。母親在那個戰亂的年代，含辛茹苦地將我拉拔長大。在我十歲那年，宇文化及手下一隊逃竄的潰軍，闖入了我們的村子。

「母親將我藏在柴堆裡，那天，我親眼看到了幾個潰軍踢開房門，在我面前姦汙自己最尊敬的母親。事後，他們見搜刮不到任何值錢的東西，竟然硬生生地砍下了母親的四肢。

「母親並沒有當場死亡，她沒有叫痛，也沒有哭。只是緊緊看著我的方向，要我活下去，不論怎樣都要活下去，要把自己的份一起活下去，活得比任何人都要久……

「我帶著她臨死前的願望，真的活下來了，十歲的自己為了生存，每天到處偷食物，被抓到後，常常被打得體無完膚。

「直到我十六歲那年，在京兆府內的一個無人區裡撿藥材賣錢時，遇到了一隻垂死的妖魔。我殺掉他，吃了他的內丹。於是，我獲得了沒人能擁有的能力，得到了長久的壽命。

「然後，我殺掉了宇文化及以及他手下的二十多萬兵馬，為母親報了仇。我當了鎮國大將軍，沒想到，我辛苦為李世民那老東西打天下，他卻怕我奪權，要拉我去陪葬。

「哼，我要遵守和母親的約定，我要永生。於是我殺掉了他，謊稱那老傢伙胡亂服食丹藥，遂致暴疾不救。

「哼哼，他死得很好。他一死，我就假意為他陪葬，然後逃出來，當了自己的兒子、孫子、曾孫子……百多年來，坐著這個一人之下，萬人之上的鎮國大將軍的位置。

「這麼多年來，我明白了，因為人類的身體脆弱不堪，承受不了大妖魔的內丹，我的壽命不會超過兩百年。於是，我開始研究妖魔鬼怪，希望能找到突破點。那些混合的欲色鬼和大殭屍，都是我的成果，可惜，效果實在不理想。

「直到五十年前，我看到了一本叫做《妖魔道》的書。上邊記載了和我一樣的情況。書上說，人類如果想要永生，就必須吃下兩隻大妖魔的內丹，讓他們在身體裡相生相剋，才不至於產生腐蝕。我欣喜若狂。

「人類真的是種奇怪的生物，似乎活得越久，就會越怕死亡。我怕死！很怕！只要能夠讓自己永生，做什麼都行。不過這個世界上，原本就不可能出現大妖魔，我遇到的，幾乎可以說是最後生存下來的一隻了。

「我瘋了似的尋找，就在絕望時，你竄了出來。我能夠感覺到，你身旁那個妖怪僕人的妖氣，那是比我吞掉的妖魔更為強大的存在。就在那一刻，我興奮得全身都在發抖，我要殺掉他，我要吃掉他的內丹。我要永生……

「可是，想要殺掉一個妖魔談何容易，一般情況下，他們基本上是不死的。更何況，我還不至於蠢到會認為，用人類的身軀能夠打贏他們。還好，他有個無能的主人，還好那個無能的主人和他訂下了生死契約。這件原本很棘手的事情，一下子就變得簡單起來。」

似乎講累了，蔡如風舔了舔嘴唇。「以後的事情，就像你知道的那樣，我設下了一個你不可能不進入的局，成功地將你和僕人分開，只要殺了沒有任何能力的你，那個妖魔也會死掉。

「他會回到妖冥界，可是，也會在剎那間留下自己的內丹。那裡面蘊藏著他一半的修為。只要吞下它，我就能真正的獲得永生了。母親臨死前的願望，就會實現……」

我看著淚流滿面，已經有些失控的他，諷刺道：「什麼你母親最後的遺願，不過是你自私，害怕死亡的藉口罷了！哼，虛偽。」

「如今你說我虛偽也好，自私也好，總之結果都一樣。」蔡如風看著我，一字一句地道。「去死吧。」

就在他右手凝結出紅色的光芒，正要向我砍來時，趙舒雅擋在了我身前。「如風，那些人真的是你殺的？」

「讓開。」蔡如風瞪著她，「妳那麼聰明，不可能沒有猜到。」

趙舒雅苦笑起來，「原來真的是你。我一直都還在騙自己，安慰自己，那麼溫柔的你，怎麼可能殺了自己的妻子，沒想到，真的是你。」

「再說一次，讓開！」他不耐煩起來。

「我不讓。」她閉起眼睛，「之前你不是那麼說的，你說，絕對不會傷害夜公子，我才幫你，如果你要殺他，就先殺了我！」

「妳們女人怎麼永遠都那麼麻煩！再說一次，讓開！」蔡如風的聲音陰沉起來。

「不讓！」

「好，妳不要怪我！這是妳自找的。」他狠狠地道，手刀向前一揮，將趙舒雅整個人打飛。

「你好狠！對那麼愛你的女人，居然都能下得了手。」我的臉色稍變。

「哼，為了母親的遺願，什麼事情我都做得出來。去死吧。」他毫不停頓地用手刀砍過來，眼見那團悶紅色的光芒穿過我的身體，我微微笑了起來。

我的身體被一分為二，化為兩張符紙緩緩飄落在地上，然後猛烈地爆開。

蔡如風手一動，將撲面而來的火焰揮開，暗道：「紙傀儡？」

不對，應該是「紙分身」，否則，自己不會看不出來。

那夜不語果然名不虛傳，狡猾得和狐狸一樣，居然早就弄了個分身，和自己東拉西扯了那麼久。哼，不過整個洞穴，都被自己的氣息包圍，他逃不出去的。

不知為何，他感到些微的煩躁，擺擺腦袋，進入了洞穴更深處。

這個地方，蔡如風已經準備了兩年多，每一塊石頭都瞭若指掌。

而今本該很熟悉的地方，像是突然變成了異域。每走一步，符咒做出的機關，就會被自己莫名其妙地引發，不是爆炸，就是弄出些稀奇古怪的附加效果。

雖然完全傷害不了他，但是，卻讓人非常心煩。他越來越煩躁了，這些如同蒼蠅一樣多的陷阱，實在很討厭。

他猛地運起功力，使出「界限交融」拍在石壁上，只見手碰到的地方，一層又一層血色的光芒傳遞開，身前不斷有東西爆炸，好一會兒才慢慢地平息下來。

他思忖著所有陷阱，應該都被引發完後，這才再次前進，心裡不安的感覺卻更濃烈了。

剛剛使用界限交融時，不知道是不是錯覺，洞口的空間似乎有些微的波動！管不了那麼多了，早點殺了夜不語那狡猾的傢伙，免得夜長夢多。

再不遠的地方，就是洞的盡頭，那裡的空間很大，但出口只容得下一個人出入，是個殺人的好場所，夜不語那傢伙，也應該逃過去了。

嘴角露出得意的笑容，蔡如風一步一步走著，每走一步就布下一個結界。在這條單行道上，不論對方再怎麼狡猾，就算隱了身，也不可能逃得出去！

近了！那個地方已經近了！永生的夢，母親的遺願，就要實現了，蔡如風激動得渾身都在顫抖。走出去，眼前豁然開朗，有個直徑九丈的大空洞露了出來。

夜不語果然就在洞的最中央，而他身旁，站著一位白衣如雪，面色冰冷的絕麗女子。那女子的眼神裡沒有任何表情，但在她的注視下，自己感覺就要凍結了。

那白衣女子腳下，躺著一個也是雪白衣裙的美麗女子，不過看樣子，應該是暈過去了。

我微笑著，「大將軍，剛才你用界限交融的時候，有沒有什麼特殊的感覺？」

「難道……」蔡如風面色黯淡，身體晃了一晃。

「不錯，你應該清楚，我不是個很大膽的人，更沒有什麼深入虎穴的精神。」我笑得更燦爛了，「所以，我不會闖入明知道有陰謀的地方，除非自己已經有了十成以上的把握。

「你不知道吧，雖然我遣走了自己的僕人，不過瞞著青峰，我已經對雪縈下了命令。只要一感覺不到我的氣息，就馬上趕回京城，然後在鎮國府慢慢等著。不然，自己也不會那麼多話。

「利用分身說了一堆，不過是為了拖延時間，讓自己布下足以讓你發怒、煩躁的陷阱罷了。只要有任何一點小小的波動，雪縈都會感覺到，然後，立刻判斷出我的位置！」

蔡如風靜靜地聽著我的話，臉上沒有任何表情。

「你還想要垂死掙扎嗎，大將軍？」我繼續道，「如果我猜得沒錯的話，你的身體，應該已經被大妖魔的內丹腐蝕得差不多了，能力也沒有剩下多少，不再有一百多年前的雄風。

「現在的你，雖然還是比我強得多，不過，實力也只能算是中、上游的獵捕者罷了，在雪縈面前，你根本就沒有任何勝算。」

「不錯，既然已經被你猜中了，給我一個痛快吧。」他昂然揚起頭，恢復了一身霸氣。那種一人之下，萬人之上的氣勢，即使是雪縈也微微變色。

「好！這才是大將軍應該有的豪氣。作為大將軍的崇拜者，我會給大將軍一個痛快！」我感覺眼睛有點酸楚，喉嚨也變得嘶啞難受，這個萬人敬仰的大英雄，即使自己不動手，也沒有剩下多久的壽命了。

「雪縈，解開五成封印，讓他盡量死得沒有痛苦。」我閉上眼睛，命令道。

「遵命，主人。」雪縈輕輕揮舞衣袖，流光般的雪光慢慢地在全身累積，洞壁甚至凝結出了一層厚厚的雪霜。

「不要！」一聲撕心裂肺的聲音猛地傳了過來，趙舒雅拖著自己已經沒有知覺的下身，緩緩地爬了過來。她爬到蔡如風的腳下，顫抖地哀求道：「夜公子，求求你不要殺他！」

「舒雅，不用求他，我已經剩沒幾天的壽命了。」蔡如風跪下身，撫摸著她凌亂的秀髮。「利用了妳，妳不恨我嗎？」

「我怎麼可能會恨你！就算你要殺我，我也會心甘情願地死，因為至少我的死，能幫你點什麼。」她的眼睛不斷流下晶瑩的淚水，抬起頭望向我。「公子，如風真的沒有救了嗎？」

我輕輕地搖了搖頭，「他的身體，已經被腐蝕得只能再支撐兩天，如果大妖魔的內丹攻入心臟，他會痛不欲生，猶如凌遲一般，掙扎三天三夜才能死去。」

「如風，抱我。」趙舒雅流著淚，微笑道。「沒想到，等待了那麼久，最後也等不到一個好的結局。」

蔡如風將她緊緊抱在懷裡，她的臉輕輕地貼在他臉上，摸著他的髮絲，臉上流露出一絲毅然。她猛地回過頭問：「夜公子，如風要怎麼死，才會沒有痛苦？」

「兩種方法，一是被同樣身為大妖魔的雪縈用『斷魂』殺死。另一種方法，就是用人間的神兵利器突然刺入心臟。」

「要突然，是嗎？」趙舒雅吻在了蔡如風的唇上，不知道過了多久，蔡如風的身體突然一顫，然後，這個纏綿的吻才結束。

唇分，趙舒雅櫻紅的唇，更加鮮紅了，一滴滴的血順著嘴角流了下來。蔡如風帶著滿臉的笑容，緩緩地倒了下去……

「夜公子，這樣如風就不會感覺到痛苦了吧？永遠都感覺不到了，對吧……」她的淚閃爍著，慢慢地也變得鮮紅起來，是血淚。

她撫摸著蔡如風稜角分明的臉龐，喃喃道：「夜公子，還記得我講的那個故事嗎？」

「記得，不過，那真的只是個故事？」我神色黯然。

她露出淒慘的笑，「事到如今，是不是故事，又何必再去探求呢？其實，舒雅真的很羨慕王寶釧前輩。她等待了十八年，至少真的苦盡甘來了，她的丈夫回到了她身旁，雖然她十八天後便香消玉殞，不過，至少她留在了自己心愛的人身旁十八天。

「而那梨花精呢？她等待了兩千年，終於等來了可以成為那人妻子的機會，終於在十天前，再次遇到了那人。

「這世的他是個大英雄，雖然明知道是在利用自己，雖然明知道，他根本就對自己沒有感情，但是，她還是無怨無悔地嫁了過去。

「算一算，兩千年的等待，也不過換來剛剛的一個吻罷了……」

她的嘴角也流出了血，我想檢查她的傷勢，卻被她伸手攔住，她的臉上流露出一種聖潔的光芒，我甚至無力思考，無法違逆她的阻攔。

「夜公子，不用管我，我知道，沒有他，我的人生也快結束了。雖然很無禮，不過，舒雅有一個很唐突的請求，希望公子務必答應。」眼神落在蔡如風漸漸冷去的屍體上，她的聲音又溫柔了下來。「能不能將我和如風的屍體，找個安靜的地方，合葬在一起？」

見我答應後，她長長地吁了一口氣，臉貼在蔡如風的臉上，柔柔道：「如風，我會再修煉一千年。下一世，我要做你真正的妻子，我們會幸福的，對吧？如風，下一世你不要改名字，那樣我找你會容易些。不會再像今世這樣磕磕碰碰了……」

不知道哪裡吹來一陣微風，淡淡的憂愁融在風裡，帶走了兩個迷茫的靈魂。

尾聲

青山綠水，在一個風水很好的地方，我獨自挖造了個墳。裡邊合葬著兩個帶著下世希望的情人。

「主人，永生真的好嗎？」雪縈坐在我身旁，長髮輕輕地在風中飄舞，在陽光下閃爍著霓虹般的色澤，很美。

「不知道，不過，我永遠都不會選擇什麼永生。」我淡淡道，「畢竟看著自己的親人、朋友和自己最愛的人，一個又一個地老去然後死亡，那種痛苦，我這個普通的人類，是無法承受的。」

「但為什麼，偏偏又有那麼多人類，拚命想要永生呢？」雪縈迷惑道。

「因為他們都是智商低下的笨蛋，只是看到了眼前的利益，而看不到百年後的痛苦。其實，永生，不過是一種折磨罷了。」

「主人，您真的不願意永生嗎？其實，永生對您而言，真的很簡單。」

「我知道。不過妳主人我，才不會那麼蠢！」

雪縈輕輕地將頭倚在我的肩上，「主人，不論您要不要永生，雪縈和青峰，都會永遠永遠陪伴在您身旁。」

「如果我死了，我轉世了呢？」

「那我們就用全部的修為，變成您靈魂上的胎記，那樣雪縈和青峰，就能永遠和主人在一起了……」

※　※　※

西元二〇〇五年十一月十三日。

「哥，你什麼時候受傷了？」海灘旁，正在幫我塗防曬油的夜雨欣，摸著我背上的暗色痕跡叫了起來。

「幹嘛大驚小怪，那是胎記。」我不滿地撇了撇嘴巴。

「胎記，形狀好奇怪哦。」她好奇地眨巴著眼睛，湊近看起來。「好像是兩個人的樣子，一男一女的。」

「妳想像力太豐富了。」我哼道。

「哥，有人說，胎記是上輩子的羈絆。是不是你上輩子，也是個很聰明、很狡猾的人，然後，欠了這兩個人很多很多的錢，才讓他們附到你身上，在這輩子來要債呢？」

「閉嘴啦！」

反手摸著背上的胎記，我的心底深處，卻慢慢地充實、溫暖起來，似乎有著莫名的感觸。

胎記是上輩子的羈絆？是嗎？

如果那句話是真的，如果真的有前世的話。胎記上的兩人，會不會是自己上一世最重要的人呢？

陽光撥開了薄薄的雲層，金黃燦爛的光芒，再次燃遍了整個大地……

《妖魔道》完

番外・妖怪借貸（上）

楔子

「理想也能賣嗎？」我抬頭，好奇地問。

「當然能。」經理說，「這個世界的一切都是有價的。既然有價格，就能買賣。」

今年春天的花開得比較豔，紅色與紫色薔薇爬遍了街頭巷尾。幾天前布滿四川平原的金黃油菜花已經凋謝了，只剩下一襲綠色點綴著大地。

禮拜日下午，被同學爽約的我獨自騎著自行車春遊。路過一家星巴克時，喝了杯咖啡。我無聊地往咖啡店窗外眺望，突然，對面偏僻處一棟不太起眼的大樓吸引了自己的注意。

那是棟只有六層高的老舊建築，在充斥著鋼筋水泥的城市裡並不起眼。引起我興趣的，是那棟大樓上掛著的一面碩大的古董似的招牌。

招牌上寫的不是當鋪、不是金鋪，也不是遍地都有的金融公司，而是大大的四個字：「理想中心」。

理想中心？這種公司自己聞所未聞，一時好奇，我放下咖啡杯，騎著單車準備過去看個究竟。那神奇的公司位於一條狹窄隱蔽的巷子裡，很古老的鬧巷，門口有間舊茶館，時時有年過古稀的老者過來喝茶，甚至有一個老戲塔在表演著川劇「變臉」。

我下車，推著單車一路往前走。

走過那條以老花壇種著太陽花和蝴蝶花的小巷，自己總算看到了那家理想中心。公司前台有個美女，看起來大約二十歲。

女孩看了我一眼，就耷拉著眼皮，愛理不理地問：「你是來賣的？等一下，我叫經理過來。」

我撓撓頭，這句話怎麼聽起來那麼彆扭。

隨後，一位其貌不揚的男人走了出來。他大約三十多歲，將我領進會客室後，神秘兮兮地遞了一張合約過來，A４大小的紙張，第一行就寫著很玄幻的文字。「你想賣掉自己的理想嗎？是？不是？請打勾。」

「理想也能賣掉嗎？」我抬頭，好奇地問。

「當然能。」經理說，「這個世界的一切都是有價的。既然有價格，就能買賣。」

「那，我的理想能值多少錢？」我看著合約，心裡暗自奇怪，除了那行字，合約細項上的文字都有些模糊不清。明明每個字都認識，可合攏在一起讀，就弄不明白意思。這到底是怎麼回事？

經理沉吟片刻，「這就要看你的理想大小了。」

「我這輩子都想當世界首富。」我舔舔嘴唇，「你看，我的理想很值錢吧？」

經理突然笑了，「值錢不值錢，不是你說了算，而是我。現在，你恐怕還無心賣自己的理想，對吧？不過，快了！」

「什麼意思？」我被他的話弄得有些發懵，「什麼快了？」

「只有死人才能看到死人的世界。」經理的聲音怪異而且充斥著莫名的滄桑感，「同樣的，只有需要賣掉自己理想的人，才看得到本公司。既然你能找到這裡，就證明，你有賣掉理想的需求。」

「怎麼可能！」自己理所當然的嗤之以鼻。

「你先回去吧。」經理看了我幾眼，嘆息著遞了一張名片給我。「等你真的需要賣掉自己的理想時，再到這裡來。」

說完後就讓前台美女送客，我拿著名片暈乎乎地離開了。轉頭再看，弄巷還在，理想公司也沒有玄幻地消失不見，不過大門卻牢牢地關上了。

現在回頭想想，或許就是從那天起，自己的人生開始變得不太對勁。

那天是四月一日，西方的愚人節，也是農曆二月二十一。

萬年曆上用鮮紅的大字警告著——

諸事不宜。

1

門外傳來激烈的敲門聲，我愣在原地，不知道該開還是不該開！腳在發抖，內心恐懼得要命。

我叫卓悅，一名平凡普通、剛經歷完中二病、有點路痴、據朋友說還有點天然呆的善良普通高二生。自己的人生似乎從來都是波瀾不驚、沒有起伏的。我甚至覺得，自己的一生跟大航海家麥哲倫千辛萬苦頂著驚濤駭浪，吃盡苦頭從南美越過關島，來到菲律賓群島，驚奇地為太平洋命名時的感受相同。太平洋那時無風無浪，就恍如我現在的生活。

至於我的老爸和老媽，他們就像是松鼠隨意嗑下的兩顆種子，正好埋到一起，就一起長出來而已。聰明的我早就在懷疑愛情這個只在二月過了一半時跑出來的東西是不是真的存在了。

直到發生了一件事情，將這平淡無奇的一切都通通徹底的打破，弄得支離破碎。

我的老爹老媽，丟下我一個人落跑了。

事情的前因後果說起來也挺簡單，一點都不複雜。無非是這兩個無良的傢伙欠了高利貸一屁股的債，房子抵押了也不夠償還，眼看著討債公司準備上門砍掉兩人的手指，他倆一合計乾脆在月黑風高的晚上，收拾了行囊，偷偷摸摸地趁我還在熟睡時腳底抹油溜之大吉。

發現這個事實時，正好過午夜兩點，自己準備起床燒水喝，結果被停水了。不小心看到兩個無良父母貼在冰箱上的紙條，上邊大剌剌地說，本人的所有權已經被賣給了高利貸公司，不再屬於他們。自求多福吧。

說實話，看完紙條本人挺安靜的，一丁點都不覺得意外。

一點意外的感覺都沒有。

真的，一點都沒有。

沒有你妹啊！這算什麼？我穿越到漫畫的世界了嗎？我成了悲劇漫畫的豬腳了嗎？明明醒來之前自己還在惜風憐月自己平淡的人生，怎麼覺還沒睡醒，牙都沒刷，最重要的眼屎都還沒擦乾淨的時候，平淡人生就轉了個九百六十度的大彎？

該死，這到底算什麼？

還沒等自己自哀自怨顧影自憐夠，門外就突如其來傳來激烈的敲門聲。透過窗戶，有幾個兇神惡煞、脖子上戴著小指粗的金鏈子、一看就不是好人的傢伙正在使勁兒敲門。其中一個還將頭貼在窗戶上，家裡的窗簾早就被無良父母拿去賣掉了，說實話，自己家用「家徒四壁」來形容還有點侮辱這個成語。

很明顯，在沒有遮掩的情況下，小混混先生絕對毫無困難地看到了我。他咧嘴衝我陰森森地笑起來，滿嘴的黃牙，就算隔著玻璃，我甚至都能聞到他嘴裡臭哄哄的味道。

「快開門。」小混混一拳頭將窗戶玻璃砸碎，紛飛的玻璃碎片「劈哩啪啦」的落到了地上，似乎預示著我正常普通的人生也一同破碎了。

我怕得要命，轉身拔腿就逃。拚了吃奶的力氣從廁所窗戶爬出去，爬到了老舊的消防樓梯。身後傳來門被破開的聲音，還有來勢洶洶的追趕腳步聲。我要感謝自己的體育老師，要不是他看我不順眼，常常體罰我，自己真跑不了那麼快。

我以即將打破世界快跑紀錄的速度逃到了底樓，騎著自己的破舊自行車奪路而行。內心充斥著難以言喻的迷茫，我不知道該去哪，該怎麼辦。

被那群高利貸業者逮住後，自己會被拉去煤窯當童工？還是丟到泰國弄成人妖，抑或者砍掉四肢變得人不人鬼不鬼的，到世界各地當畸形秀的男主角？

一幕幕可怕的畫面從腦海裡閃過，就在這時候，一張名片莫名其妙地從我的睡衣口袋裡飄了出來，飛到我的視線裡。

冰冷的血色月光將這條沒有路燈的小路照亮，同時也讓名片上的字清晰地映入我的瞳孔中。

「理想中心，理想也能買賣，請聯繫李經理。」

如同黑夜裡的一盞明燈，我猛地打了個激靈，彷彿抓住了救命的稻草，我的腦海裡浮現出那間怪異的公司。那裡能賣理想，將自己的理想賣掉，說不定能替父母償還一點債務。這樣自己就不用賣身，淪落到悲慘的境地了。

身後，那群人開著車在這條無人的偏僻小路使勁兒地追趕我。我一邊努力蹬著單車，一邊吐槽這些討債大哥太敬業了。大晚上都還在工作，而且還將非法工作進行得如此明目張膽。難道國內經濟真的有這麼不景氣嗎？

理想公司的所在地其實離我家並不遠，可是人在危險時，總會覺得時間被無限的拉長。不知過了多久，我幾乎都要變成耷拉著舌頭的哈巴狗了，這才來到公司門前。

身後追趕的討債大哥一共有五個人，他們下了車，手裡拿著鋼管和砍刀追著我進了古舊的弄巷。每個人的身影在月光下，都顯得張牙舞爪，不似人類。

我雙腿都在打顫，心裡充滿絕望。理想公司的大門緊閉著，冰冷的鐵捲門將我的希望切割得支離破碎。廢話，有哪間正常公司會在午夜兩三點還在營業？自己也太病急亂投醫了！

「救命！快開門！」眼看著那群人陰笑著靠近我，將手裡的兇器如同古惑仔電影裡經典混混的模樣揮舞著。自己能怎樣，只有拚命地敲門。

就在一個戴著手指粗金項鍊的混混伸出手準備抓住我後腦勺的一瞬間，奇蹟發生了。眼前的骯髒鐵捲門以驚人的速度往上捲起，彷彿某種生物的舌頭般靈活。鐵捲門開到能容我進去的高度，我一個踉蹌，跌進理想公司的大廳內。

門重新關上了，將我和那群人牢牢隔開。

鐵捲門外傳來瘋狂的擊打聲，門外的人在用手裡的兇器不停破壞門。我驚恐坐直身體，不知所措。

「我就知道你會來。」不知何時，上次接待過我的經理已經站在了自己的背後。他毫無特色的臉上露出意味深長的笑。「今天，準備來賣自己的理想嗎？」

「賣，不管是理想還是節操，我都通通賣給你們！」我被外邊的混混嚇得手足無措。

經理滿意地點點頭，「那我們簽約吧。」

說完，他就從懷裡掏出一張合約，輕輕放在我面前。順便在紙上放了一支造型略微有些奇怪的筆。

「等一下，我的理想究竟能賣多少錢？」自己掙扎著站起身，作為有兩個無良父母家庭出身的可憐孩子，在經濟方面無論如何還是尚存著一絲理智。所以在拿起筆的同時，又猶豫了。

「足夠你付清父母的欠債了。」經理將一張支票放在筆旁。數字三後邊有好幾個零，看得我眼睛都快瞪在了一起。

這筆錢不多不少，剛好是那筆欠債還清後還能將房子贖回來的款項。

門外的喧雜聲又大了許多，我打了個激靈，拿筆的手猶豫不定。直覺告訴自己，事情絕對沒有那麼簡單。世界上肯定沒有天上掉餡餅的好事，理想公司，究竟收購的是什麼。他們真的要理想嗎？拿來幹嘛用？別人的理想永遠都是別人的，自己都不一定實現，公司買去後，就能實現得了嗎？

可我，卻已經沒有任何退路了。這是我唯一能救贖自己的方式。帶著空洞洞的難受感，我終於在合約上寫下了自己的名字。

等最後一筆寫完，突然右手中指傳遞來一絲疼痛感，痛入脊髓。整個人恍惚了好幾秒鐘，這才驚然發現，我的手指居然不知為何被刺破了。一滴殷紅的鮮血正好落在簽名的正下方，如同一抹牆壁上剛被打死的蚊子血，散發著壓抑妖異的幽幽光芒。

光芒一閃即逝，恍如錯覺。

還沒等我回過味兒來，就發現理想中心裡的一切都變了。變得陌生起來。空蕩蕩的前台在我的視線裡以某種玄妙的方式排列組合，最終形成了一個充斥滿各種我難以描述的奇怪物件的地方。

抬頭，那個拿著我的合約在手裡抖著的經理，不知何時已經變成另一副模樣。他賊眉鼠眼的「吱吱」笑著，眼睛裡冒著可怖的猩紅色的光。這人不人鬼不鬼的傢伙看了我一眼後，蹦跳著跑掉了。

我迷茫地看著眼前這陌生的一切，許久都沒弄清楚發生了什麼事。

正對面前台的位置，原本寫有「理想中心」四個大字的LOGO，也變得面目全非。我定睛望去，赫然發現，LOGO仍舊是四個字，不過意義卻不明。

那四個字變成了——

妖怪借貸。

「妖怪借貸？」我不由自主地唸出聲音，猛地，整個世界都顫抖起來。

2

清澈的陽光從沒有窗簾的窗戶灑進來，將我的眼睛遮蓋住。明亮刺眼的光芒把自己從夢裡拽出，狹窄老舊的小床因為主人的醒來而「吱吱嘎嘎」的呻吟了幾聲。我抬起手，將眼簾遮住，睡意朦朧地眨了眨眼睫毛。

昨晚作了一場好真實的惡夢啊，幸好，只是夢而已。我摸著腦袋，正準備起床。突然，一股異樣的觸感從右邊傳遞過來。

自己整個身體頓時僵硬了。

右側有個細膩滑嫩的東西緊緊地抱著我的胳膊，不知道是什麼，可奇妙觸感卻令自己的心悸動不已。

第三根肋骨附近，甚至還能感覺到兩個鼓鼓囊囊的極為柔軟的物體。

究竟是什麼怪物潛伏在我的床上？施了什麼魔法，竟然讓自己有股吸了毒似的，無法自拔，打心底想要使勁兒抱住的舒服感？

我一個激靈，猛地把被子掀開。眼前的一幕立刻讓自己有些迷糊的腦袋徹底清醒過來。

這是怎麼回事？

難道還在作夢？

我呆呆地把手伸向死死抱著我的不明物體，在一塊白皙透亮的地方用力捏了一把。

一股酥軟的呻吟聲響起，那不明物體的明眸輕輕睜開，渙散無焦點的視線猶豫著打量了四周片刻，然後將那湖水般的眼神聚集在了我的身上。

看來，真不是作夢。

我強撐著身體，下意識撓了撓頭。手上的觸感很真實，碰到那塊肌膚的手至今都還保留著吹彈可破的水嫩感。自己狹窄的床上，是真的，真的出現了一名疑似十六歲左右、明眸皓齒、漂亮得稀里糊塗的雌性人類生物。

現在，這個雌性生物正不滿地看著我，被子從她的肩膀上滑落，露出了赤裸的皮膚。

我「哇」的一聲轉過頭去，沒敢繼續看。

完了，昨晚肯定是夢遊了。不知從哪裡綁架了個良家少女回來，還脫光了扔床上。

怎麼辦！可憐我才高中二年級，大學還沒衝刺呢。今天下午就要被員警叔叔請去喝茶了。

嗚，我的人生完蛋了，我的理想徹底破滅了。

不行，無良父母已經毀了我的上半生，我不能再毀掉自己的下半生了。

要不要，乾脆，殺了她滅口？

我的念頭剛升起，一個清脆的聲音就響徹四周。「你，為什麼揑我？」

女孩的聲音冷得猶如寒冬臘月的冰，就連四月的陽光都在她獨特的音調裡凍結了。聲音灌入耳中，令我哆嗦了一下，老老實實地回答：「我以為自己在作夢。」

「所以，揑我？」女孩一眨不眨地盯著我，面無表情。朝霞打在她臉上，不施粉黛的皮膚光潔得彷彿沒有毛孔。淡淡柳眉下，小鹿般的長睫毛微微抖著。她的眼睛深邃得恍如高山湖泊，只需要看一眼，就能讓人深深地陷進去，永遠迷失。

「我，我這人怕痛。」我不好意思地又撓了撓頭。

女孩將手從我的胳膊彎抽出，站起身體，伸了個懶腰。陽光被赤裸的美好身軀遮擋，在地上留下了窈窕的影子。

「你剛才，想殺我？」她下了床，鎮定地穿好胡亂扔在地上的衣服，尋了一張椅子坐下，輕輕仰起下巴。

「怎麼可能！」我毫不猶豫地撒了謊。

「最好，如此。」女孩始終沒有任何感情色彩流露出來，她綺麗的語調也依舊淡薄冰冷。「再有下一次，你，會死。」

我沒有聽明白，只是回過神來後，突然覺得有些不對勁。這女孩怎麼知道我想殺她，這個念頭只不過在腦子裡閃過而已。還有，她根本不像是被綁架的無辜少女，這兒明明是我家，卻弄得我束手束腳的，彷彿是她的主場。

難道，其中有些我沒弄明白的隱情？

我鎮定後，腦袋飛快地思索。眼神從氣場很強的女孩身上繞過，臥室的門沒關，能看到正對面的大門。大門被鈍器破開，窗戶玻璃碎片也撒了一地。

自己的心在霎時間沉到了谷底。

「妳究竟是誰？」我警戒地從床上慌忙爬起，四處找了找，想找個自衛工具放手裡壯膽。可臥室裡除了木板床外，什麼也沒有。一股風吹來，冷得我毛骨悚然。昨晚的夢清晰地從大腦皮層深處浮現，我迷茫又恐懼。

眼前漂亮無比的女孩，似乎沒有看起來那般的柔弱。她就算坐著，也恍如洪水猛獸般可怕，無形的氣場充斥在四周，壓抑得我都快窒息了。

「我是誰？」女孩疑惑地看著我，冷眸中傳來一絲怪異的迷茫。她微微揚起手，衣袖輕輕滑下，露出了潔白如蓮藕的細嫩右臂。可這如同藝術品般的手臂並沒有吸引自己，我的眼睛死死地落在了一塊殷紅如血的朱砂痣上。

那顆朱砂痣越看越覺得熟悉，我猛地指著她，驚訝地叫出聲來。這顆痣根本就是昨晚我簽下理想公司的合約後，右手指被刺破，落在紙上的血跡。

自己的血，怎麼就變成了女孩手臂上的朱砂痣呢？

我一向引以為豪的聰明大腦明顯不夠用了，腦袋亂糟糟的，亂麻般理不清楚所以然。

「契約，已然成立。」女孩站起來，準備摸我亂糟糟的頭髮。「我，是你的主人。」

她柔軟的手並沒有帶給我一絲一毫的安慰，我退了幾步。「我怎麼就成了傭人了。」

「不是傭人。是，物品。」

這句話直接將我降了無數個等級，弄得我居然連人都不是了！我瞪著她，希望眼前女孩給自己個解釋。

但女孩明顯有三無屬性，不但無口無心無表情，甚至就連注意力也沒有在我身上。我有心想躲開她，可頭卻偏偏不由自主地側過去，像爭寵的小貓似的任她撫摸。

那一刻，想死的心都有了。

「乖，乖。」女孩將我本就很亂的頭髮撥弄得更亂了，她望了望窗外，突然道：「你，該，上學了。」

說完後，就自顧自地挪動腳步，走出了房門。

「給我回來，還沒解釋清楚呢。至少，至少告訴我，妳叫什麼！」我呆愣幾秒後，立刻追著她跑出去。可剛一出門就傻眼了。門外空蕩蕩的，深邃漆黑的走廊上什麼都沒有，哪還能看到神秘女孩的身影。

搖晃著暈乎乎的腦袋，我一邊苦笑，一邊不知所措地穿好校服，無奈地真的上學去了。

臨走時看了一眼萬年曆，國曆四月十一，農曆三月初二。在這個古老的城市裡，每年的三月初二，只代表著一個很莫名其妙的節氣。

——新生！

3

這個世界總不會少這麼一種人，他們就在這個城市生存著，但他總是一個單一的個體，沒有組織，沒有歸屬，可能也沒有健全的家庭。這種人，跟團空氣似的。

每個班級，同樣多多少少有這樣的人。就連班裡的惡霸，也往往忽略他們的存在。悲哀與否，我從來不予評價。在別人看來，或許自己就連影子都算不上。幸好，自己的人緣不錯。

可就算如此，也沒想到，一上學就遇到了怪事。

同班的張亮莫名其妙地死在了操場上。

張亮就是一個影子，無論有沒有光，他都只是影子。從高一到高二，我從沒有跟他說過話，可能班裡也沒有誰跟他交流過。所以聽到他的死訊時，大家都愣了一下，好不容易才想起似乎確實有這麼一個人。

愛看熱鬧是人的天性，一大早水泄不通的人牆就將張亮死掉的地方團團圍住。我在人牆後拚命地跳起來想要看個究竟，可惜只能隱約看到接體車將他的屍體打包帶走。上午四節課，同學無心聽課，老師也沒心情講課。全在暗地裡討論張亮的死因。

不過我有更煩惱的事情。早晨莫名其妙出現的絕世美少女究竟是誰？她怎麼會赤裸的跑到我床上？冰箱上無良父母落跑前留下的紙條，大門被砸壞的痕跡無一不說明，昨晚的經歷肯定不是一場夢。

那個理想中心在我簽下合約後，怎麼會突然變了模樣？LOGO上「妖怪借貸」這四個字，到底是什麼意思？還有，最讓自己惱火的是，我怎麼就多了個美少女主人出來？

昏昏沉沉的好不容易等到下午放學，我回到空蕩蕩的家中，考慮著晚飯該怎麼解決。身無分文的我已經到了山窮水盡只剩破舊三手自行車可以賣了換錢的地步。就在自己推開破門，踏入門檻的瞬間。

眼前的景象猛地變了，視線模糊了一秒，然後自己就驚詫地發現，周圍變得陌生起來。

破爛不堪的家突然被拉寬拉闊，自己置身在一個充滿怪異物件的寬敞大廳裡。最中央的位置有一張華麗的沙發，穿著白色連衣裙的冰顏美少女正面無表情，悠閒地坐在沙發上。女孩逗弄著身前的貓，她旁邊站著一個穿著傭人裙的陌生黑髮美女。

視線繞過兩人，正對面碩大的「妖怪借貸」四個字傲然聳立著，將一切都渲染得無比渺小。我張大嘴巴，好半晌都沒回過神來。

「你，來了？」今早出現在我床上的美少女轉頭，微微點了點下巴。她在右側沙發空著的空間拍了一下，示意我坐過去。

我沒敢動。眼前的一切都太怪異了，完全顛覆了我的科學觀。這難以形容的空間彷佛是另一個世界般，比例嚴重失調。腳下明明是深色木地板，可鞋子傳來的觸覺卻沒有一絲一毫木地板應該有的沉穩，反而輕飄飄的，恍如踩在了棉花糖上。

「過來，坐。」女孩的聲音冰冷、不容抗拒。話音剛落，我的身體就不由自主地走了過去，貓著背正襟危坐在了她身旁。

一旁黑髮美女「噗嗤」笑出聲來。她倒了一杯茶，雙手遞給我。「老闆，請喝茶。」

我懵了，指著自己的臉，白痴地問：「我是老闆？」

「對，你是。」黑髮美女毫不猶豫地點頭。

「那她是誰？」我指著身旁面容如霜的冰美人。

「她是妖怪借貸的老闆娘。」黑髮美女微笑道，「也是我的主人。」

好吧，我承認，我徹底糊塗了。

「我叫紫炎，老闆，這是最近的委託。」自稱紫炎的黑髮美女將一疊資料放在了我腿上。被稱為老闆娘的冰美人端莊地喝了一口茶，理所當然地繼續逗弄身旁的貓。

「委託人。」她摸著貓的腦袋，對我說。看她的意思，似乎在告訴我這次的委託人，就是眼前的貓。

我強自鎮定，撓頭道：「妳們覺不覺得，似乎，應該先幫我解釋一下。」

說實話，我完全混亂了。今天一覺醒來發生的事情，已經讓我懷疑起高中物理學。

「你，還不，夠格。」冰美人側頭看我，明亮的眸子和我對視。只堅持了兩秒鐘，我就落敗地移開了視線。

紫炎笑咪咪的，「好可愛的新老闆，看來老闆娘撿到寶了喔。還是我來把話補充完吧，老闆娘的意思是，老闆你還不夠資格知道我們的事情以及妖怪借貸公司究竟是什麼類型的存在。因為，老闆還屬於考察期。」

冰美人頷首，「貓，委託人。」

女孩又指了指我身旁的文件，「解決它，就，告訴你。」

跟一個有語言障礙的生物交流，真的很累，最可怕的是，我居然懂了。可為什麼委託人偏偏是一隻貓？

被自稱我主人的女孩摸得舒服得瞇眼睛的貓突然睜開眼，邪異的瞳孔一眨不眨地看著我，似乎對我很是不屑。

我不滿地伸手想扯牠的尾巴，這隻通體白色的波斯貓全身的毛頓時豎了起來，牠「喵」的一聲怪叫，然後衝我一爪子抓過來。我傻眼地看到那對爪子不斷靠近，可最終沒有落到我臉上。怪貓藉著我的肩膀蜻蜓點水，然後又輕巧地跳到地上。

牠的眼睛仍舊一眨不眨地看著我，在自己的疑惑不解中，一件不可思議難以置信顛覆認知和常識的事情發生了。

這隻白色怪貓，居然說話了。

說的還是，人話！

「小子，沒人教過你要尊敬長輩嗎？」怪貓用沙啞的聲音教訓我。

我瞪大眼睛，好半晌才回過神來。有時候自己都佩服自己的適應能力，在經歷了那麼多怪事之後。貓會說話，似乎也沒什麼大不了的。

「你們的平均壽命只有十五年，看你一副精力充沛的模樣，頂多七歲左右。我可是快要十七歲了！」我強詞奪理。

「你見過哪隻七歲的貓會說話？」怪貓反駁道。

「當然看到過。」我指著牠，「你不就是嗎？」

「白痴！」怪貓瞪我，突然豎起了自己的尾巴。一時間我完全以為自己看花了眼，大廳裡，燈光不算很亮，我甚至無法發現燈在哪。可就在怪貓張開自己的尾巴後，地面上清晰地映著七條尾巴的影子。

我揉了揉眼睛，愣在原地。

怪貓得意道：「你見過有七條尾巴會說話的貓嗎？」

我再次揉了揉眼睛，然後以生平最快的手速一把抓住了牠豎起來的那條。地上的七條尾巴倒影中，只有一條留下了我手的痕跡。其餘六條如同蛇一般受到驚嚇，瘋狂扭曲著。

「糟糕！」紫炎驚訝地捂住了嘴。

怪貓渾身一愣，然後憤怒了。還沒等牠發飆，冰美女已經抓住了牠的脖子，將牠輕輕放在了膝蓋上。我不知為何起了一身的雞皮疙瘩，心悸得厲害，那一瞬間，自己似乎在鬼門關上走了一遭。

「老闆，貓妖的尾巴是不能亂摸的。」紫炎無奈地解釋，「普通的貓只能活十幾年，可是這種貓不一樣。牠們每多活一千年，就會長出一條尾巴。牠可是有七千年高齡了喔。」

我哆嗦了一下，活了七千年的貓，真的假的啊？

「臭小子，別以為你摸了我的尾巴這樣就算扯過了，哼。」怪貓冷哼幾聲，卻被冰美人不耐煩地敲了一下。

「說。」她語氣仍舊冰冷，伸出纖細白皙的手覆蓋在我臉上，冰涼滑膩的觸感頓時遏制了自己不停打顫的身體，就連正對死亡感到恐懼的心，也沒來由的被治癒了。

紫炎將怪貓抱到對面的沙發上，微笑道：「嵐小姐，老闆娘要您說說委託的事。」

這隻怪貓不依不饒地又瞪了我幾眼，這才很人性化的用肥肥的屁股人坐起來。「其實事情的經過並不複雜。最近這個城市的貓，莫名其妙地有了充足的食物來源。」

「這不挺好的嗎，有吃有喝也算問題？」我接口道。

「住嘴，人類就是這麼討厭。」怪貓怒道，「把我們馴化後，愛的時候愛得不得了，丟棄的時候又鐵石心腸。你知道被丟棄後失去生存能力的族人們，死亡率有多高嗎？」

我識趣的沒敢說話。

美少女傭人紫炎適時地將話題岔開，「充足的食物來源，指的是什麼？」

「活物。全都是活物。」怪貓嵐舔了舔爪子，「流浪貓們通常都會以食物充沛的酒店飯店的垃圾桶劃分勢力範圍，可最近，你們不覺得貓都離開那裡了嗎？」

冰美人看向紫炎，美女傭人立刻閉上眼睛思索了片刻，然後確認道：「不錯，流浪貓最近都懶洋洋的，沒有自己去尋找食物。」

「當然，因為食物會自己送上門來。」怪貓冷哼了一聲。

「什麼意思？」所有人都一臉迷惑。

「顧名思義，就是守株待兔，只是守株待兔中的『兔子』變得不再是偶然出現罷了。」

嵐抬起毛茸茸的頭，無奈地望向天花板。「似乎是從一個月前開始的。最初還只是城市裡的老鼠，變得不怕貓了。並不是說牠們會群體攻擊貓，而是不怕死似的，從下水道以及隱藏的各個角落中竄出來，主動跑到貓面前，等待我們吃掉牠們。」

「這確實有些反常。」我點點頭。貓和老鼠是天敵，可作為食物鏈底層的老鼠主動跑到掠食者面前當作儲備糧，怎麼想都不正常。

「最近事態在惡化。」怪貓嵐嘆了口氣，「老鼠之後，是流浪貓的死敵流浪狗。牠們從前見到貓就咬，跑得慢的貓甚至會變成食物。可彷彿一夜之間，那些流浪狗就變了天性。大量流浪狗主動跑到貓跟前，趴在地上毫不反抗地等待我們吃掉牠。」

「這，怎麼可能！」我驚呆了，隱隱感覺自己所在的城市裡，正有什麼大事在發生。果不其然，嵐後邊的一句話，將我本就暈乎乎的大腦震得完全失去了思考能力。

貓妖淡淡道：「一種又一種生物小範圍的來到我們面前，等待我們將其吃掉。最近幾日，趨勢竟然蔓延在了人類身上。」

「不可能，絕對不可能。」好半天，我才憋出這句話。「身為萬物之靈的人類，怎麼會湊上去等自己的寵物將自己吃掉！」

「萬物之靈？」嵐鄙視地笑起來，「也只有你們人類才好意思大言不慚的這樣稱呼自己。可事實，確實有人類，趴在地上等貓來吃他。」

「不可能！」我仍舊不敢相信。

紫炎聳了聳肩膀，「老闆，嵐小姐沒有撒謊，確有其事。」

「你，為何，在意？」自稱我主人的冰美人思索片刻，問貓妖。

「我主人的意思是，嵐小姐身為受益的一方，為什麼會想要來我們公司，委託我們調查此事呢？」紫炎出面釋義。

「如果單純的只是有充足的食物來源，我當然不會恐懼。」嵐渾身抖了抖，「可，假如吃掉了那些自己送上門的食物的貓，在不斷神秘死亡呢？」

「清楚了。」紫炎點頭道，「可您要知道，我們不是慈善公司。委託是會收取一定的報酬的。」

「我明白，我當然會付給你們合理的報酬。」貓妖的語氣頓了頓，一臉的決然。「我的壽命，七千年！」

冰美女一愣，然後微微地點頭。

紫炎露出職業白領的笑，「嵐小姐，您的委託，我們公司受理了！」

The End

作者　夜不語
封面繪圖　Kanariya
總編輯　莊宜勳
責任編輯　黃郁潔
美術設計　三石設計

出版者　春天出版國際文化有限公司
地址　台北市忠孝東路四段303號4樓之1
電話　02-7733-4070
傳真　02-7733-4069
E-mail　story@bookspring.com.tw
網址　http://www.bookspring.com.tw
部落格　http://blog.pixnet.net/bookspring
郵政帳號　19705538
戶名　春天出版國際文化有限公司
法律顧問　蕭顯忠律師事務所
出版日期　二〇二一年五月初版
定價　190元

總經銷　楨德圖書事業有限公司
地址　新北市新店區中興路二段196號8樓
電話　02-8919-3186
傳真　02-8914-5524

夜不語作品 43

夜不語詭秘檔案 116：妖魔道

國家圖書館出版品預行編目資料

夜不語詭秘檔案116：妖魔道／夜不語 著.
一 初版. 一 臺北市：春天出版國際，2021.05
面；　公分. 一（夜不語作品；43）
ISBN 978-957-741-326-0（平裝）
857.7　110002155

ISBN 978-957-741-326-0
Printed in Taiwan

夜不語

詭秘檔案

夜不語

詭秘檔案